KB042271

용병생활백서

용병생활백서 4

초판 1쇄 인쇄일 2016년 5월 24일 | **초판 1쇄 발행일** 2016년 5월 26일

지은이 주작 | **펴낸이** 곽중열 | **담당편집 팀장** 이범수
편집부 신연제 이윤아 홍현주

펴낸곳 (주)조은세상 | 출판등록 제 2002-23호
주소 경기도 연천군 미산면 청정로 1355
TEL 편집부 02)587-2966 | FAX 02)587-2922
e-mail bukdu@comics21c.co.kr

주작 ⓒ 2016
ISBN 979-11-5832-557-2 | ISBN 979-11-5832-500-8(set) | 값 8,000원

주작 판타지 장편소설

NEO FANTASY STORY & ADVENTURE

용병생활백서

傭兵生活白書

4

북두
(주)좋은세상

CONTENTS

용병생활백서

1. 복귀!

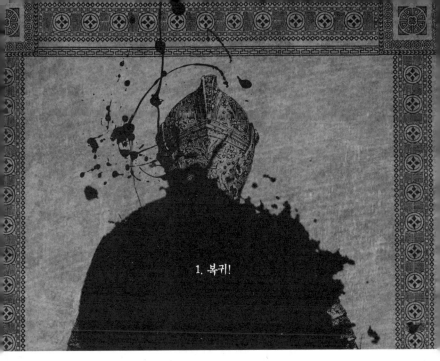

1. 복귀!

그것은 단 하룻밤 사이에 벌어진 일이었다.

하지만 그 내용은 단 하룻밤 사이에 벌어졌다고 믿기 어려울 정도로 놀라웠다.

이젠 더위가 한창인 계절이건만, 거짓말처럼 등골이 오싹해지고, 뒷목이 서늘해질 만큼 충격적이었다.

"암전… 으음…."

보고를 읽던 베르첼린 공작은 결국 참지 못한 듯, 신음성을 흘리며 창밖으로 시선을 돌려버렸다.

그렇게 잠시 푸른 창공을 눈에 담으며 머리를 식힌 후에야 다시금 보고서를 읽어 내려갈 수 있었다.

[암전의 해체!]

거기에는 그와 관련된 내용들이 가득했다.

비록, 암전이 세상의 이면을 살아가는 이들이라고는 하나, 그래도 바깥과 아무 통로가 없는 건 아니었다.

당연하게도 베르첼린 공작 역시도 그러한 통로에 닿아 있었고, 그런 이유로 영지 내에 암전의 공간을 암묵적으로 허락하는 상황이기도 했다.

페르베르멘 왕국의 실질적 지배자라 불린다지만, 상대는 대륙 전역을 무대로 활동하는 이들이었다.

충분히 국가수준의 전력을 지닌 것이다.

물론, 모든 암전이 한데 뭉쳐야 이뤄질 수 있는 저력이었지만, 그렇다고 해서 개별적인 암전주들을 무시할 수 있는 건 아니었다.

어쨌든 '암전'이라는 하나의 단체이기에, 언제든 그들이 힘을 합할 수 있는 잠정적 위험요소가 존재하는 까닭이었다.

서로 적당한 선을 지키며, 쓸데없는 다툼을 피하는 게 최선이라는 결론 아래, 대부분의 왕국과 세력 그리고 권력자들이 암전과의 적정관계를 유지하고 있는 것이다.

게다가 그들의 힘을 빌려, 정적을 제거하는 작업도 할 수 있으니, 몇몇은 도리어 그들 암전에 힘을 실어주는 이들도 존재했다.

그런 의미에서 봤을 때, 베르첼린 공작은 암전과 적잖은 거래관계 속에서 적정관계 이상을 유지하는 위치에 있었다.

이곳 페르베르멘의 실질적 지배자가 되는데, 결정적 역할을 해준 게 바로 암전과의 거래였다. 관계가 깊어지는 건 당연한 수순이었다.

이런 저런 이유로 인해, 여러모로 암전에 대해 잘 안다고 자부했다. 그렇기에 보고서의 내용이 놀라웠다.

아니, 놀랍다는 말로도 부족한 상황이었다. 충격이었고 한편으로는 공포이기도 했다.

"단 한명이라니…."

이미 모든 상황을 전해 들었다.

물론, 그가 지닌 정보력만으로는 이처럼 빨리 모든 걸 알아내기란 어려웠다. 이는 결코 가문의 정보력이 부족하다는 의미가 아니있다. 이처럼 빠르게 알아낸다는 건, 어느 정보단체도 쉽지 않은 일이었다.

그럼에도 불구하고 이처럼 빠르게 진실에 닿은 건 간단했다.

'마탄 젠!'

이곳의 암전주에게 직접 정보를 전해 받은 것이다.

그리고 이 소식을 끝으로 더 이상 그에게서 연락이 오질 않았다.

지금 들고 있는 보고서는 별도로 가문의 요원들을 움직여서 조사한 내용이 담겨있었고, 결국 설마 싶었던 최악의 상황을 인정하게 만들었다.

"사신, 운트!"

마탄에게 받은 마지막 소식에 적혀있던 적의 정체였다.

어째서 그가 이곳에서 암전을 상대로 전쟁을 벌였는지는 모르겠으나, 분명한 건 그의 영지에서 커다란 사건이 발생했다는 것이다.

무려, 세 자릿수에 달하는 죽음이 영지에 뿌려졌다.

암전의 영역을 중심으로 어둔 골목길에서 상황이 펼쳐졌으나, 너무 짙고 강렬한 그 죽음의 향은 결국 바깥까지 퍼져버렸다.

아침부터 영지가 소란스러운 이유가 바로 그 때문이었다. 급하게 경비대를 움직여 상황을 정리했지만, 당장 소란을 잡기는 어려워 보였다.

물론, 암전과 관련된 일이니 만큼, 그들 자체적인 보안체계가 움직이며, 소문이 길게 퍼지는 일은 없을 것이다.

하지만 저 짧은 소란만으로도 알만한 이들은 다 알게 될 터였다.

[베르첼린 공작이 비수를 잃었다!]

암전, 그 중에서도 1전주 마탄과의 관계야말로 그의 권력을 위한 비장의 카드가 아니던가.

"하아… 골치 아프게 됐군!"

암전과의 새로운 관계설정도 문제였지만, 그간 눈치를 보던 왕실파의 세력들이 그를 향해 이빨을 드러낼지도 모른다는 부분이 더 큰 걱정거리였다.

감당할 자신이야 있으나, 그 이후까지 생각을 해야 하는 까닭에, 여러모로 골머리가 아픈 것이다.

'사신⋯.'

어떻게 처리해야 할지, 선뜻 갈피가 잡히질 않았다.

그로 인해서 본의 아니게 적잖은 타격을 입었으나, 그렇다고 해서 사신의 뒤를 쫓기도 꺼려졌다.

상황도 상황이지만, 가문의 그림자들이 알려온 보고서에 적힌 현장 관련 내용들이 너무도 오싹한 까닭이었다.

"차세대의 초월자인가. 으음⋯."

그 소문이 결코 과하지 않다는 걸 새삼 깨닫게 되는 순간이었다.

'일검에 필살이란 말이지.'

자칫 판단을 잘못 했다간, 당장 눈앞의 위기뿐만 아니라, 먼 미래의 위협까지 키울 수 있는 상황이었다.

"하아⋯."

나직한 한숨과 함께 그의 손이 보고서를 구겼다.

"아무래도⋯ 묻어야겠지."

홀로 암전의 1전주를 처리한 사내였다. 그를 처리하려면 얼마나 많은 전력이 필요할지. 상상만으로도 치가 떨렸다. 다가올 왕실파와의 대립을 생각한다면, 여기서 병력을 빼내는 건 옳지 못했다.

게다가 이미 1전주의 세력은 와해됐고, 그 본인도 생사를 알 수가 없었다. 살아남았더라도 미래를 기대하기는 어려웠다. 오히려 암전에서 자체적으로 처분하려 들 확률이 높기 때문에, 이젠 얻는 것보다는 잃는 게 많을 존재였다.

'아무래도 2전주 보다는 3전주가….'

지금은 과거가 되어버린 존재는 잊고, 새로운 미래와의 관계개선에 집중해야 할 때였다.

❖ ✛ ❖

동이 트기가 무섭게 짐을 정리하고 도망치듯 영지를 떠나왔다.

이유라면 간단했다.

'들켰을 줄이야.'

사신 운트에 대한 정보가 새어나갔다는 부분이 걸음을 재촉하게 만든 것이다.

"소심하기는."

셰릴의 한마디에 에던은 눈살을 찌푸리면서도 반박은 못했다.

"표정이 왜 그래? 설마, 노려보는 건 아니지? 내 덕분에 좋은 정보도 얻었으면서. 설마, 아니지?"

"끄응….'

확실히 그녀 덕분에 베르첼린 공작가의 움직임을 읽을 수 있었다.

갑작스레 사신과 관련된 정보들을 구하는 공작가의 모습에서, 정체가 발각되었음을 알게 된 것이다.

레드문에도 정보 의뢰를 해 왔기에, 모를 수가 없었다.

사실, 그들의 움직임 정도는 일찌감치 짐작하고 있었다. 암전이 바깥과 적잖은 연결고리를 두고 있음을 아는 까닭이었다.

하지만 그의 정체가 들통 나는 건 예상치 못한 부분이었다.

'역시… 1전주겠지.'

마탄에게서 정보가 건너갔을 거라 여겼다.

이미 이곳으로 오기 전부터 베르첼린 공작과 마탄이 모종의 관계로 엮여있을 거란 섯 정도는 짐작하고 있었다.

암전의 깊숙한 곳까지 발을 들이고, 어둠의 깊은 곳을 일부나마 엿봤으며, 그로 인해 이면의 세상과 바깥이 닿아있다는 걸 알게 되었다.

빛과 어둠이 어울리듯, 이면세상과 바깥도 그들 나름의 공생관계가 있는 것이다.

때문에 더욱 잔혹하게 손을 썼고, 주저 없이 그 흔적들을 내버렸다.

베르첼린 공작이 이를 보고 고민하며 갈등하다, 결국 그의 추격을 포기하기를 바란 것이다.

일종의 경고였다.

본래 그가 세운 계획은 하루에서 이틀 정도는 더 머무르면서, 베르첼린 공작가의 동태를 지켜보며, 경고가 제대로 먹혔는지 확인하고 움직일 생각이었다.

'이젠 그럴 필요가 없으니.'

사신의 정체를 들켰다는 부분이 그의 발길을 돌렸다.

'차세대의 초월자라니. 흠흠!'

조금은 민망한 이야기였지만, 어쨌든 거기에 담긴 무게감이 얼마나 묵직한 것인지는 잘 알았다.

그 존재만으로도 경고 이상의 의미가 있을 터였다.

아마도 베르첼린 공작은 그의 뒤를 쫓지는 않을 것이다. 하지만 그 사실이 베르첼린 공작에게 알려졌다는 건, 암전 측에도 전해졌다는 것과 같기에, 일찌감치 걸음을 재촉할 수밖에 없었다.

"어디로 갈 생각이야?"

문득, 귓전을 파고드는 음성에 상념을 멈춘 에던이 시선을 돌려 셰릴을 바라봤다.

"어디까지 쫓아오게?"

"글쎄."

"안 바빠?"

레드문이라는 거대 세력의 수장이 이렇게 한가해도 되는 걸까?

"원래 고생은 팔다리가 하는 거야."

"머리도 생각은 해야지."

"그냥, 달려만 있어도 충분해."

"끄응⋯."

'⋯말을 말아야지.'

앓는 소리와 함께 시선을 돌려버리는 에던의 모습에, 세릴이 피식 웃으며 바싹 붙었다.

"그래서 어디로 갈 거냐니까? 다시, 페른 자작령으로 갈 거야?"

에던이 고개를 저었다.

"거긴 안 가."

'⋯못 가지.'

무려, 암전의 1전주가 당한 상황이니 만큼, 암전의 시선이 페르베르멘 왕국에 집중될 터였다. 당연하게도 그간의 사건사고들도 수면위로 올라설 것이다.

그 와중에 미친개 헌트 역시도 주요관심 대상이 될 확률이 높았다. 특히나 최근 사건인데다가 사냥개와의 마찰까지 생각한다면, 그 주목도가 제법 높을 터였다.

여러모로 그가 없는 게 나은 것이다. 그 때문에 떠나오던 당시에 이미 머릿속에서 페른 자작령으로 향하는 길은 지우고 왔었다.

'뭐⋯그래도 제자들이니.'

나중에 시간이 좀 더 흐른 뒤, 먼발치서나마 아이들의 성장 정도는 살펴 줄 생각이었다.

"그럼 어디로 가게?"

집요한 셰릴의 물음에 에던이 작게 한숨을 쉬며 답했다.

"가긴 어딜 가. 일 해야지. 일!"

"…뭐?"

베르첼린 공작령과의 일전은 여러모로 골치 아픈 부분이 많았는데, 그 중에서도 가장 골 때리는 부분은 바로 금전적인 손해라고 할 수 있었다.

'설마… 빚을 지게 될 줄이야.'

밑바닥을 살아왔으나, 결코 단 한 번도 빚이라고는 져 본 적이 없었다.

'뺏으면 뺏었지!'

그나마도 승자의 권리라며 취한 것이니, 스스로는 정당하다 주장했다.

하지만 이번만큼은 그의 주머니 사정이 빈곤하여, 결국 셰릴에게 손을 빌려야만 했으니, 결국 지금 그의 자금사정은 마이너스라고 할 수 있었다.

"돈 벌어야지."

당연히 목적지는 용병길드였다.

생각보다 빠른 복귀의 시간이었다.

하지만 그 전에 처리해야 할 일이 있었다.

'레비트 젠!'

에던의 눈이 얇아졌다.

페르베르멘 왕국의 제 1전주였던 마탄 젠의 사촌이며, 동시에 리아의 부친인 사내.

그와 관련된 정보가 떠올랐다.

'비히에른 자작령….'

현재, 그가 머물고 있는 장소였다.

오랜 세월 밑바닥을 구르며 익혀온 재주들 중에는 고문도 있었는데, 이를 사용해 마탄에게서 얻어낸 정보였다.

당연하게도 마탄 역시도 저 암전의 요원들과 마찬가지로 싸늘한 대지위에 눕혀주었다. 아니, 묻어주었다.

다른 요원들 사이에 던져둘까도 싶었으나, 고문의 흔적이 너무 잔혹해 눈에 띌 것 같아서, 직접 땅을 팠다.

아무래도 페르베르멘 왕국이 마탄의 터전이기에, 레비트 역시도 페르베르멘을 중심으로 활동하고 있는 듯싶었다.

'그나마 다행인가.'

다른 왕국이었더라면 생각보다 일이 복잡해질 확률이 높았다. 마탄의 죽음이 알려진다면, 잠적할 수도 있기 때문이었다.

그가 사신이라는 게 알려졌으니, 암전 측에서 먼저 처리하려 들 수도 있었다.

사신과의 마찰을 일으킨 마탄과 그의 혈족에게 일종의 화풀이를 하는 것이며, 동시에 실패한 1전주 흔적을 지우는 작업과정의 일부였다.

'그건 안 되지!'

발길을 재촉하는 결정적인 이유이기도 했다.

비히에른 자작령은 베르첼린 공작령의 바로 옆이라 할 만한 위치에 있으니, 급히 달려간다면 문제없이 잡을 수 있을 거라 여겼다.

'여차하면….'

그의 시선이 슬쩍 셰릴에게로 향했다.

레드문!

밤의 여왕의 능력을 살짝 빌리는 것도 한 방책일 터였다.

'뭐… 안 빌리는 게 제일이겠지만.'

이유라면 간단했다.

'결국, 그것도 빚이니까.'

어쩌면 금전적인 것보다 더욱 골치 아픈 종류일지도 몰랐다.

'셰릴에게 또 빚을 질 수는 없지!'

하지만 아무리 가깝다고 해도, 영지간의 이동이었다. 하루 이틀에 닿을 거리가 아닌 것이다.

"끄응…."

결국, 에던은 또 한 번 셰릴에서 손을 뻗어야만 했다.

"사랑합니다. 고객님!"

셰릴이 활짝 웃으며 그 손을 잡았다.

 사실, 그에게 부탁을 받기 전에 이미 그림자를 움직여 '놈'을 구속해 놓은 상태였다. 1전주의 몰락과 동시에 명령을 내렸고, 이미 정리가 끝난 상황이었다.

 그럼에도 불구하고 굳이 이를 그에게 이야기하지 않은 건, 그가 직접 '의뢰'를 해 올지도 모른다는 생각에서였다.

 이를 확실히 하기 위해서, 초반에는 어디로 가는지 일일이 확인하려 들었으나, 이내 그 방향이 비히에른 자작령으로 이어지는 걸 알고는 조용히 웃었다.

 그리고 기다렸다.

 "부탁… 하나만 하자."

 아니나 다를까.

 그가 레드문의 문을 두드렸다.

 '걸려들었어!'

 그녀의 눈이 뱀처럼 번뜩였고, 그가 웅크렸다.

❖ ✛ ❖

 레비트 젠!

 페르베르멘 왕국 암전의 제 1전주였던 마탄 젠의 사촌으로써, 알게 모르게 1전주의 이름을 팔아가며, 다양한 비리를 저질러온 암전의 기생충 같은 존재였다.

그 때문일까?

1전주의 죽음과 함께 레비트 역시도 암전의 척결 목록에 이름이 올라갔다.

물론, 마탄의 혈족이라 하여 무조건 척결대상으로 지정되는 건 아니었다.

암전 소속으로써 마탄과의 혈연관계에 있는데다가, 그이름에 기대 적잖은 말썽을 벌려왔고, 거기에 더해 암전 내부의 사정에 대해서도 제법 밝은 까닭에, 제거 목록으로 꼽힐 수밖에 없었다.

차세대의 초월자로 분류되는 사신과 마찰을 일으켰다는 부분에서, 일종의 화풀이 대상으로 분류되는 것이기도 했다.

물론, 본인 스스로는 이 같은 사실을 알지 못했다.

언제나와 다를 것 없이, 여인들에게 껄떡거리며 하루하루를 보낼 뿐이었다. 정보를 건네 도망갈 틈을 주지 않으려는 조치였다.

"당장 이거 안 놔! 내가 누군 줄 알고."

때문에 잡혀온 처지임에도 불구하고 이처럼 목소리를 높이며, 한껏 거드름을 피우는 것이었다.

전신이 결박 당한데다가 두 눈까지 가려놓았으니, 겁을 집어먹을 만도 하건만, 결코 그 목소리는 낮아질 줄 몰랐고, 어깨가 움츠러드는 경우도 없었다.

멀찍이서 이를 지켜보던 에던이 셰릴를 향해 물었다.

"기운이 너무 팔팔한 거 아니야?"

"우리 애들이 예쁘장한 겉모습하고 다르게, 독한 데가 있어서. 살못 선드렀다가 모가지리도 꺾이면 안 되잖아."

"끄응…."

"고객님이 불만이시라면야. 모가지 대신 다른 거라도 꺾어줄 수는 있는데."

'다른 거…?'

의문을 내비치던 에던이 흠칫하는 얼굴로 물러났다. 셰릴의 시선이 그의 하복부 방향을 스쳐가는 걸 본 까닭이었다.

몸서리를 치는 그의 모습에 셰릴이 웃으며 손을 흔들었다.

"에~이. 달링 거 말고."

"으음…."

그렇다면 시선처리를 좀 조심해야 할 것 아닌가. 어깨를 움츠리던 에던의 귓가에 여전히 팔팔한 레비트의 외침이 들려왔다.

"후회할 짓 하지 말고, 당장 이거 푸는 게 좋을 거야. 형님께서 움직이면 너희 놈들은 물론이고, 가족이나 친인척까지 무사하지 못할 거니까. 지금이라도 이걸 풀고, 용서를 구하는 게 좋을 걸!"

고래고래 소리를 지르는 레비트의 저 겁 없는 혹은 개념 없는 모습에 에던이 쓰게 웃으며 다가갔다. 그렇게 거리가 가까워질수록 입가의 미소는 사라지고 얼굴은 표정을 감춰 갔다.

그리고,

레비트의 눈을 가리고 있던 천을 거뒀다.

화악!

갑작스레 빛을 접한 까닭일까? 한 차례 눈살을 찌푸리던 레비트가 적응과 함께 에던을 발견한 듯, 버럭 성을 내며 욕지거리를 쏟아내기 시작했다.

"너 이 새끼 얼굴 딱 봐놨어. 각오하는 게 좋을 거다. 이 개 같은…."

하지만 그의 욕지거리는 마무리를 맺지 못했다.

짜악!

거칠게 후려치는 따귀를 기점으로, 에던의 구타가 시작된 까닭이었다.

퍼억! 빡… 빠악…

단 한 마디의 말도 없이 그저 때리고, 밟고, 조졌다.

제법 다양한 고문 방법을 알고 있었으나, 그 어느 것도 사용하지 않았다.

'이건… 그냥, 화풀이니까.'

고문이라는 건 철저히 상대의 생명을 조롱할 줄 알아야 하는 까닭에, 생각보다 이성적인 면이 필요했다. 때문에 감정에 충실하고자, 아무런 생각도 없이 주먹을 휘두르고 발길질을 하는 것이었다.

치고 또 쳤다. 때리고 또 때렸다.

중간 중간 레비트가 용서해달라거나 잘못했다는 등, 고통스런 외침 혹은 신음성을 흘려내기는 했지만, 무시하고 치고 때렸다.

그렇게 지칠 때까지 폭력을 멈추지 않았다.

"푸후우우우…."

간혹, 휴식을 취할 때에도 그냥 쉬지 않았다.

"마탄을 믿고 까부나 본데, 베르첼린 공작령의 암전이 박살났다는 소식을 아직 못 들었나 봐."

열심히 입을 놀리며 정신적인 충격을 쉴 새 없이 때려 박았다.

"믿건 안 믿건 상관없다. 어차피 넌 이제 끝이니까."

끝을 모르는 구타에 이미 넝마가 된 레비트였으나, 그 믿기 어려운 소식에 한 줌 남아있는 반항기를 드러냈다.

"그어… 지잇… 마아알…."

제대로 알아듣기도 어려운 한마디였지만, 그 한마디로 인해 멈췄던 구타가 다시금 시작됐다.

"거짓말? 하긴, 믿기 어렵겠지. 그래도 믿는 게 좋을 거야. 왜냐고? 그러면 내가 정말로 거짓말을 한 게 되잖아. 그러면 어떻게 돼? 이렇게 기분이 안 좋아지고, 화가 나지! 그러면 또 어떻게 돼? 뒤지게 맞는 거야."

때리고 또 때렸다.

"왜 맞는지 궁금하지?"

그러면서 중간 중간 혹할만한 이야기를 건네며, 무너지려는 레비트의 정신을 끌어올리는 것도 잊지 않았다.

"사랑과 정의에 이름으로 때리는 거다. 이 새끼야!"

물론, 바로 세우기 무섭게 다시 박살내 주는 건 당연한 수순이었다.

"힘세고 오래가는 게 내 장점이니까. 한 3박 4일은 죽었다고 생각해라."

발언과는 달리 구타는 반나절을 넘지 못했다.

"그러다가 죽겠네."

중간에 끼어든 셰릴이 한 마디를 건네 왔고, 그로 인해서 이성을 찾으며 주먹질을 멈춘 것이다.

그녀의 말처럼 반나절을 내리 무참하게 두드려 맞은 까닭인지, 레비트는 당장이라도 숨이 넘어갈 정도로 위기에 몰려 있었다.

짧은 갈등 끝에 에던은 셰릴을, 레드문의 여왕을 다시 방문했다.

"환영합니다. 고객님!"

"저기, 포션 좀…."

"중급과 상급이 있는데 어떤 걸로 하시겠습니까?"

"기왕이면 하급으로…."

"이런, 안타깝게 됐네요. 고객님! 하급은 재고가 없답니다."

"그러면 할인이라도…."

씨알도 안 먹힐 소리였고, 제대로 바가지를 써야만 했다.

'하아….'

뒤늦게 실수했다는 생각에 후외가 물밀 듯 밀려왔으나, 이미 마차는 떠난 뒤였나.

'맘에 안 드는 놈이지만.'

그렇다고 해서 그 목숨을 끊을 수는 없었다.

"쯧!"

혀를 차는 그의 모습에 셰릴이 슬쩍 붙으며 물었다.

"결국, 살릴 생각인가 봐?"

"그러니까 이 비싼 포션을 쓰는 거지."

어쨌든 리아와 토드의 부친이지 않던가. 차마 끝을 볼 수는 없었다.

"부탁하나만 하자."

"말씀하십시오. 고객님!"

빠른 태세변환에 에던이 벙찐 얼굴로 셰릴을 바라봤다.

"…그래. 의뢰 하나만 하자."

부탁이 의뢰가 됐다.

"무엇이든 해결해 드리겠습니다. 고객님!"

"끄응….."

한 차례 앓는 소리를 흘리던 에던이 레비트를 내려다보며 말했다.

"이 놈 막장으로 보내서, 죽어라 굴려."

원래의 계획은 사지를 비틀어버린 뒤, 평생을 숨만 쉬며 비참하게 살도록 만들 생각이었지만, 자꾸만 리아의 얼굴이 아른거려서 한 줌 자비는 베풀어 줄 생각이었다.

'팔 다리 성하게 해 준 거면 충분하겠지.'

물론, 딱 거기까지가 끝이었다.

"그럼, 볼 일은 끝난 거지?"

셰릴의 물음에 에던이 고개를 끄덕이다 흠칫 놀라서는 뒷걸음질을 쳐야만 했다. 왠지 모르게 싸늘한 한기를 내비치는 그녀의 눈빛을 발견한 까닭이었다.

"왜 그러는…."

무슨 일인지 물으려는 찰나, 셰릴이 움직였다.

"허억!"

에던의 얼굴이 하얗게 뜨며, 본능적으로 사타구니를 움츠렸다. 그도 그렇게 셰릴의 발길질이 레비트의 분신으로 향하는 걸 본 까닭이었다.

콰득!

귀를 막고 싶은 섬뜩한 소음과 함께, 레비트가 동공을 까뒤집었다.

'저건….'

살아도 산 게 아니리라.

양 손으로 분신을 가린 에던이 창백해진 얼굴로 셰릴을 바라봤다. 하얗게 빛을 발하는 그녀의 미소가 눈에 들어왔다. 시리도록 밝은 미소였다.

'자…잔인한 년!'

확인사살을 하듯, 그녀의 발길질이 한 차례 더 움직이는 게 보였다. 차마 볼 수 없어 고개를 돌리며 질끈 눈을 감아야만 했다.

콰악…

❖ ❖ ❖

레드문에는 다양한 여인들이 흘러들어온다.

이 같은 여인들 중 상당수가 고통스런 경험들을 한 두 가지씩은 지니고 있었는데, 대개 암전과 관련된 아픈 기억들인 경우가 많았다.

그리고 레비트는 그 같은 암전의 지저분한 영역을 무대로 활동하던 사내였다. 평소의 행실에서 알 수 있듯, 여인들을 고통으로 몰아가는 위치에 있었다.

리아와 토드의 모친인 제니스도 그 같은 여인들 중 한명이나 다를 게 없었다. 만약, 그녀의 몸 상태만 멀쩡했더라면, 레드문으로 흘러들어왔을지도 모를 일이었다.

그나마도 레드문에 발을 담그는 건 운이 좋은 경우였다. 암전에서 운영하는 시설로 끌려가는 순간, 여인에게는 비극만이 남아있을 뿐이었다.

'여자의 적!'

그 같은 마음으로 발길질을 했다.

셰릴의 그림자들 중에도 그런 아픔을 지닌 여인들이 제법 있었다.

그녀들의 정점인 밤의 여왕으로써, 징치했다.

'다시는 쓸 수 없을 거다!'

확실하게 하기 위하여 한 차례 더 걷었다. 밟았다. 그리고 자근자근 짓이겼다.

살아도 산 것이 아니리라.

❖ ❖ ❖

몸서리치게 만드는 '간접경험'을 끝으로, 에던은 셰릴과 헤어질 수 있었다.

[일하러 간다며.]

거기까지 따라갈 생각은 없다면서 발길을 돌린 것이다.

[나도 슬슬 복귀해야지.]

그러며 레비트를 데리고 사라졌다.

"후우…"

갑작스런 빈자리에 잠시 어색함이 들었으나, 이내 한숨과 함께 그 같은 감정들을 훌훌 털어내고는 힘차게 걸음을 내딛었다.

레비트와의 만남 때문인지, 리아와 토드 그리고 제니스의 모습이 아른거렸지만, 애써 페른 자작령을 기억에서 지웠다.

굳이 그가 아니더라도, 아이들을 지켜줄 사람이 있기에, 더더욱 기억하지 않으려 애썼다.

'헤일러 영감님. 살 좀 부탁합니다!"

그저 혹시나 하는 걱정에, 마음으로 그리 바라고 또 빌 뿐이었다.

[걱정 마! 나를 봐서라도 아이들을 잘 살펴 줄 테니까.]

일만의 불안감은 셰릴이 했던 말을 떠올리며 털어냈다.

'레드문과 몽크의 관계라….'

오래 전, 성국에서 쫓겨나다시피 하며 세상으로 나온 수도사들이 긴 세월을 어찌 버텨낼 수 있었는지, 그에 대한 비밀을 일부 들었다.

'서로 도움을 주고받으며, 버텨왔다고 했었지.'

아무래도 세상 사람들이 레드문을 바라보는 시선은 그리 곱지 않았다.

이는 성국 역시도 마찬가지였고, 그런 이유로 레드문에서 신관의 도움을 받기란 쉬운 일이 아니었다.

포션을 통해 간접적으로나마 그들의 손길을 느낄 수 있지만, 직접 신관이 성력을 발휘하며 도움을 주는 건 또 다른 이야기였다.

신관은 어지간한 일이 있지 않고서는 레드문의 영역에 발을 들이지 않는다. 그렇다고 해서 그들의 영역에 레드문의 사람들이 선뜻 들어가기도 어려웠다.

이 골치 아픈 상황에도 불구하고, 레드문에는 신관의 손길이 필요한 사람들이 많았는데, 몽크는 이 부분에 대한 갈증을 작게나마 해소해 줄 수 있었다.

그 때문일까? 레드문은 그들에게 터전과 정보 그리고 생존을 위한 도움을 아끼지 않았다.

'공생이라….'

긴 세월이 흐르며, 이제는 거의 한집안의 식구나 다를 바없는 위치라고 했다.

때문에 헤일러는 아이들을, 리아와 토드 그리고 제니스를 어설피 대하지 않을 거라 하였다.

어째서?

[그야, 달링이 내거니까.]

'누구 맘대로!'

이렇게 반박하고 싶었으나, 꾸욱 눌러 삼켰다. 그 한마디를 아낌으로써 헤일러의 비호를 받을 수 있다면, 얼마다 씹고 삼키고 소화시킬 것이다.

그래야 맘 놓고 일상으로 돌아갈 수 있지 않겠는가.

문득, 저 앞으로 익숙한 풍경이 비쳤다.

용병길드!

상념에 빠진 사이, 어느새 목적지에 다다른 모양이었다.

길드 주변으로 험상궂은 얼굴의 사내들이 어슬렁거리는게 눈에 들어왔다. 어찌 보면 살풍경하다 할 법한 분위기였으나, 그에게는 그저 정겹기만 했다.

평생의 절반가량을 보내온 터전이었다. 저 같은 살벌함이 오히려 반갑기만 할 뿐이었다.

"휴가 끝인가."

　하지만 막상 입으로 그리 내뱉으니, 왠지 모를 아쉬움에 반가움이 밀려났다. 뒤늦게 이런 급작스런 심경변화를 깨닫고는 짧게 실소했다. 가볍게 고개를 흔들며 감정들을 털어낸 그가 힘차게 길드의 문을 열었다.

　본업으로의 복귀시간이었다.

2. 꼬이다

2. 꼬이다

용병길드는 어느 지부가 되었건 지녀야 할 필수적인 마법 물품이 하나 있었다.

오러 측정구!

마법사들이 사용하는 수정구처럼 생긴 것으로써, 그 안에는 무수히 많은 마법적 조치가 취해져 있었다.

도난 방지를 위한 알람 및 신호 마법이라거나, 결계마법 그리고 몇몇 기본적인 공격마법들까지, 용병길드를 차리기 위해서는 이를 부담할 수 있는 초기자본이 필요하다는 말까지 있을 정도로 중요한 물품이었다.

그리고 바로 이 마도구가 에던의 승급을 방해하는 결정적 장애물이기도 했다.

"솟아나라 오러오러!"

요상한 주문까지 외워대며 열심히 측정구를 비벼보지만, 당연하게도 오러가 솟아날 리는 없었다.

한심하다는 듯 쳐다보는 측정 관리관의 시선이 따가웠지만, 무시한 채 열심히 측정구를 비빌 뿐이었다.

"솟아나라 오라오라!"

물론, 무의미한 손짓이었다. 보다 못한 관리관이 나설 때까지 그의 비참한 행위는 계속되었고, 그렇게 측정은 끝을 맺어야만 했다.

3급 용병!

변함없는 그의 등급이 적힌 용병패를 내려다보던 에던이 쩝쩝 입맛을 다시며 뒷면으로 시선을 돌렸다.

에던 파인드!

새로운 그의 신분이었다. 여전히 '에던'이라는 이름에 '파인드'라는 성만 달라져 있었는데, 이는 그가 의도한 건 아니었다.

[별로 유명하지도 않은 이름인데, 그냥 그걸로 하는 게 어때.]

셰릴이 구해다 준 용병패로써, 공짜로 얻을 수 있다는 부분에서 넙죽 받아들었다. 그녀의 말처럼 에던이란 이름이 유명한 건 아니기에, 부담 없이 선택할 수 있었다.

게다가 에던이라는 이름 자체는 생각 이상으로 흔한 까닭에, 위장에도 나쁘지 않다고 여겼다.

물론, 운트나 헌트라는 성 역시도 흔한 건 마찬가지였으나, 그대로 사용하는 건 아무래도 꺼려질 수밖에 없었다.

그런저런 이유로 인해 다시금 '에던'으로써 살아가는 것인데, 아무래도 이 업계가 급수에 따라 벌이가 달라지는 만큼, 등급을 올려 조금이라도 빨리 빚을 갚으려는 생각으로, 오러 측정에 도전한 것이다.

'젠장… 쓸데없이 돈만 나갔네.'

측정도 공짜가 아니었던 까닭에 더욱 속이 쓰렸다.

셰릴에게 따로 상위등급의 용병패를 부탁할 수도 있겠으나, 그랬다가는 또 빚을 지게 될 확률이 높았고, 상위 등급의 용병패를 지니고 있더라도, 의뢰를 받을 때 길드에서 확인을 위해 측정구를 들이미는 경우도 있는 까닭에, 부정한 방법은 오히려 독이 될 확률이 높았다.

'어쩔 수 없나.'

날아가 버린 측정값이 아깝긴 했으나, 깔끔히 포기하기로 했다.

과거였더라면 이처럼 쉽게 물러나지 않았을 것이나, 각성감각을 깨닫고 새로운 영역에 발돋움을 하게 되면서 심적인 여유가 생긴 까닭일까?

'뭐, 빚이야 느긋이 갚으면 되겠지.'

당장 눈앞에 셰릴이 없는 것도 한 몫 했을 터였다.

'한 방에 크게 벌려면 아무래도 위험도가 높은 의뢰를 받아야겠지만.'

지금은 너무 눈에 띄는 건 자제하는 게 좋을 상황이기에, 그저 적당하니 3급 용병에 어울리는 의뢰만으로 돈을 모을 생각이었다.

'뭐, 기한을 두고 갚으라는 말도 없었으니까.'

조금은 여유를 부려도 될 터였다.

'게다가… 더는 급할 이유도 없으니.'

과거였다면 스스로가 정한 규칙에 의해, 자금적인 압박에 시달렸을 것이다.

하지만 지금은 달랐다.

'더는… 돈을 보낼 필요도 없으니.'

예전에는 치열하게 일을 한 뒤, 대부분의 돈을 고향으로 보냈었다. 그러나 지금은 더 이상 그럴 이유가 없어졌다.

'막내도 다 자랐을 테니까.'

오래 전, 고향을 떠나오던 당시, 그가 업어 키우다시피 했던 막내가 딱 1살이었다.

아이가 자라 성인식을 치를 때까지는 고향에 돈을 보내자고, 그 스스로 규칙을 세웠었다.

'지금이… 스물이려나.'

원래대로라면 4년여 전 즈음에 끝냈어야 했다. 당시 막내의 나이가 열여섯으로써, 고향에서는 그 나이에 성인식을 치르는 까닭이었다.

여성은 열다섯이고, 남성은 열여섯이었다.

그렇지만 뜻밖에도 그 즈음에 고향과 관련된 새 소식을 들었으니, 조금은 골 때리는 이야기였다.

'성인식의 기준이 열일곱과 열여덟로 바뀔 줄이야.'

대륙 평균을 따라서 기준점을 조금씩 고친다거나 하는 이유였다. 무시하고 그만 둘까도 싶었으나, 스스로 정한 규칙이기에 지키고자 했다.

'기준이 바뀌었다고 규칙마저 바뀔 수는 없으니까.'

그런 이유로 돈을 계속 보냈고, 정확히 2년 전을 마지막으로 고향에 돈을 보내는 것도 끝을 맺었다.

더 이상 허리띠를 졸라맬 이유가 없는 것이다.

'뭐… 빚쟁이 신세니까. 사치는 무리겠지만.'

앞서, 한 차례 복잡하게 얽혔던 에몰린 남작과 말룬 자작의 영지전도, 그 마지막 끝맺음으로 인한 여파였다.

제법 장기의뢰였던 까닭에, 한 해를 건너뛰었던 의뢰로써, 결국 패배와 함께 도망자 신세를 만들었던, 그 골치 아픈 사건을 떠올리니 자연스레 그려지는 얼굴이 있었다.

'라논….'

여인이라는 비밀을 숨긴 채, 말룬 자작가의 후계자로 키워져야만 했던 그녀의 얼굴이 문득 떠올랐다.

그러다 살짝 얼굴을 붉혀야만 했다. 그녀와 특별해지던 순간까지 생각이 닿은 까닭이었다. 거듭된 단련으로 인해 조각마냥 균형 잡힌 그녀의 몸매가 잔상처럼 아른거렸다.

"흠흠…."

헛기침과 함께 슬쩍 입가를 닦았다. 저도 모르게 침이 샜던 모양인지, 입 끝이 살짝 젖어있었다.

'뭐…잘 지내겠지.'

에벨린과 마르센 그리고 라카타루. 이렇게 세 왕국이 벌이는 전쟁소식은 그 역시 귀를 기울이고 있었다.

그렇게 귀담는 소식 중에는 간간히 말룬 자작가와 관련된 이야기도 들려오고는 했는데, 아무래도 드라필만 공작가의 지원을 받는 덕분일까?

상황이 크게 나쁘지는 않은 것 같았다.

'뭐, 이미 영지는 손에 넣었다고 하니. 잘 지내는 거겠지.'

아무래도 전쟁의 발단에 말룬 자작가와 에몰란 남작가가 포함되어 있는 만큼, 더더욱 드라필만과 루드말이 라논을 허투루 대하지는 않을 거라 여겼다.

고개를 끄덕이며 상념을 정리한 그가 길드의 게시판으로 향했다. 각종 의뢰들이 걸려있는 거대한 판이었는데, 길드 한쪽 벽면을 통째로 사용할 만큼 컸다.

"흐음…."

레드문에 빚을 지고 있기는 하나, 당장 급한 것도 아니고 고향에 돈을 보내던 일도 이젠 끝났다.

'당장 급할 이유도 없으니…'

에던의 시선이 게시판 한편의 의뢰서로 향했다.

'뭐, 이 정도면 적당하겠네.'

가장 흔하게 볼 수 있는 상단의 경호의뢰였다.

새로운 신분도 구했고 나름대로 변장이라 할 만한 위장도 마쳤다.

수염을 짙게 기른다거나, 이마를 까고 눈썹을 밀어 전체적인 인상 자체를 변화시키는 등, 그를 아는 이들이라도 한눈에 알아보기 어렵게 변화를 줬다.

그럼에도 불구하고 일말의 불안감이 이는 건 어쩔 수가 없었다.

이곳이 아직 페르베르멘 왕국이기 때문이었다. 돈도 벌면서 이동도 할 겸, 상단의 의뢰서를 가지고 접수처로 향했다.

가장 흔한 만큼 가격대도 싸고, 그만큼 짧은 거리를 이동하는 호위임무였지만, 이런 의뢰들을 반복하다 보면 금세 페르베르멘의 국경을 넘게 될 터였다.

'어디로 가는 게 좋으려나.'

문득, 떠오르는 왕국이 있었다.

'그러고 보니, 아바란 왕국으로 갈 생각이었는데….'

말룬 자작와 에몰란 남작가의 영지전에서 도망치던 당시, 에던 운트라는 신분증을 구하며 정해놨던 목적지가 다시금 생각났다.

"아바란이 그렇게 물이 좋다던데."

물론, 여기서 말하는 '물'이란, 먹는 그 '물'이 아니었다.

'크흐흠… 흠흠!'

한껏 발휘되는 상상력과 함께, 목적지가 결정됐다.

그렇게 아바란을 향하며,

한 해가 지나갔다.

❖ ✛ ❖

에벨린, 마르센, 라카타루!

전 대륙을 시끄럽게 만들던 3개 왕국의 잠정적 휴전이
이뤄졌다.

공식적으로 발표가 된 건 아니었으나, 각자 국경지대로
물러나며 피비린내 나던 다툼일 일시적으로 중단된 것이
다.

이유라면 여럿 들 수 있겠으나, 가장 먼저 언급되는 건
아무래도 역시 전쟁의 장기화에 있을 터였다.

각각의 전력 자체는 에벨린이 앞서 있을지 모르겠으나,
마르센과 라카타루는 암묵적 연합형태였기에, 아무래도 에
벨린 왕국이 밀릴 수밖에 없었다.

하지만 그럼에도 불구하고 크게 손해를 보는 경우는 없
었다.

드라필만!

에벨린 왕국의 검이 날을 드러낸 까닭이었다.

정예 중의 정예들로만 이뤄졌다는 드라필만의 기사들이 대거 전장으로 쏟아져 나오면서 전장의 상황은 급변했다.

그들이 함께한다는 섯만으로도 시기가 오른 에벨린 왕국군은 더 이상 물러나는 경우가 없었다.

그리고 이 즈음에는 에벨린 왕국 내부의 혼란도 정리가 되어 있었다.

루드말 드라필만!

그가 직접 말썽을 일으키는 귀족파의 인사들을 방문했다. 그것도 한밤중에 나누는 은밀한 면담이었고, 빠른 속도로 내부정리가 이뤄지면서, 무더운 여름이 다가올 즈음에는 외부에 대항하기 위한 만반의 구도가 갖춰지게 되었다.

덕분에 전장에 전념할 수 있게 된 에벨린 왕국은 착실히 잃어버렸던 것들을 되찾아가기 시작했다.

특히, 루드말의 전장 투입이 결정적이었다.

'무시무시했지!'

라논은 당시를 떠올리며 저도 모르게 몸서리를 쳤다.

마침, 함께하고 있던 까닭에 현장을 목격할 수 있었고, 새삼스럽게 초월자라 불리는 존재의 위대함을 깨닫게 되었다.

하지만 결정적으로 휴전 분위기를 이끈 건 따로 있었다.

'…아버님!'

라논의 자작 임명이 바로 그것이었다.

물론, 각 영지의 증서가 타국에 있는 건 사실이었다. 하지만 그 주인들이 더 이상 존재하지 않았다.

그녀의 부친인 전대 말룬 자작과 에몰란 남작은 더 이상 이 세상 사람이 아니었다.

마르센과 라카타루 왕국이 철저하게 그 둘을 보호하고 있었건만, 어찌된 일인지 그들은 싸늘한 시체로써 세상에 죽음을 알려버렸다.

더욱 놀라운 건, 그들의 사체에서 각기 잔혹한 고문을 받은 흔적까지 드러났다는 점이었다.

사실, 그들의 죽음이 세상에 드러났다는 점에서부터 의심해야 할 것 투성이기는 했다.

이번 전쟁의 명분으로써 오히려 두 귀족들을 아끼고 살펴야 할 마르센과 라카타루가 그들에게 고문을 가했다?

여러모로 납득하기 어려운 부분들이 있었으나, 그녀는 굳이 진실을 파헤치려하지 않았다.

'그랬다가는….'

모든 걸 잃을지도 모른다는 불안감에 진실을 '외면' 했다.

'나는…더 이상 후계자가 아니니까!'

베논 말룬 자작!

그녀의 현재 위치였다. 라논이라는 이름을 버리고, 거짓된 삶을 품었다. 진실이 꼭 옳은 건 아니라는 걸 배우기에 충분한 자리였고 삶이었다.

하지만 왠지 모르게 더러운 기분만은 감출 수가 없었다.

"에던…."

때문에 그와 함께하던 시간이 생각나는 걸지도 모른다. 그 당시까지는 그래도 조금은 순수하게 웃을 수 있었기에, 답답한 심경이 될 때면 자꾸만 그의 얼굴을 떠올리게 되는 것이다.

그의 곁에서, 그의 품에서는 '라논'일 수 있었다.

'잘 지내는 거지?'

어느새 그는 그리움이었다.

❖ ✛ ❖

싸늘하다.

쏟아지는 눈송이 때문도 아니고, 몰아치는 삭풍 때문도 아니었다.

사방을 가득 메우는 눈빛들이 이 한기의 정체이리라.

'어쩌다가 이렇게 됐지?'

추운 날씨에도 불구하고, 목 안이 바싹바싹 탔다.

본래 계획대로라면 지금쯤 따뜻한 아바란 왕국에서 향기가 솟아나는 물맛을 감상하고 있어야 할 터이건만, 어째서 이 서늘한 북쪽 대륙의 깊숙한 곳에 발을 들인 채, 두툼한 털옷을 껴입고 있단 말인가.

"공주 저하 납시오!"

게다가 이 상황은 또 어떻게 해석해야 할지.

'끄응….'

에던은 앓거나 혹은 끓는 속을 삼키며, 조용히 이마를 바닥으로 향했다.

대체, 어디서부터 뭐가 잘못 된 건지.

'제대로 꼬였네.'

속된말로 '빡친다'는 게 이런 것일까?

'아오….'

싸늘한 날씨에도 불구하고 머리에서는 김이 날 것 같았다.

❖ ✣ ❖

찬찬히 문제점들을 되짚어봤다.

'의뢰비가 두 배라고 덥석 물어서?'

거기까지는 괜찮았다.

'경호 인원이 절반으로 줄어서?'

그 부분도 크게 문제될 건 없었다.

'뱃길로 이동한 거!'

거기다. 바로 그 부분이 문제였다.

'시간절약보다는 안전제일로 잡았어야 했는데.'

경로가 살짝 위험하다 싶더니, 결국 말썽이 일어났다.

'끄응…망할 놈의 해적들!'

여기서 판단을 잘못했다.

'나섰어야 했는데….'

괜히 실력과 정체를 숨기고자 몸을 사린 게 실수였다.

오랜 경력 속에는 해전에 관한 경험도 두어 차례 있었지만, 그로써는 여전히 낯선 전장이 물 위였던 까닭에, 섣부른 움직임을 자제했던 이유도 제법 컸다.

그리고 여기서부터 많은 부분들이 꼬여갔다.

초반에 제압을 했더라면 모르겠지만, 해적들에게 배를 탈취당하고 난 뒤, 새로운 바닷길에 오르면서 상황은 더 이상 나서기 어려운 위치까지 도달해 버렸다.

'그 상태에서 경로변경이라니….'

해적들의 근거지가 바라던 목적지의 반대에 있었던 듯, 전혀 다른 방향으로 움직이는 뱃머리에 머리를 부여잡아야만 했다.

그리고 도착한 해적들의 근거지는 북 대륙에 한발 걸치고 있는 외진 바닷길 한편의 자그마한 섬이었다.

우선 뭍으로 나왔다는 부분에서 일말의 안도감과 함께 여유가 찾아왔고, 탈출의 기회를 노리며 해적들을 살피기 시작했다.

여기서 또 한 번 의외의 상황과 발견을 하게 된다.

'하여간에 암전 놈들은 안 끼는 데가 없다니까.'

이미 산적들의 영역에 그들이 한발씩 걸치고 있음을 알았건만, 설마하니 이곳 해적들의 근거지에서도 암전의 흔적을 보게 될 줄은 몰랐다.

'망할!'

직감적으로 이 골 때리는 상황이 어디서부터 비롯되었는지 짐작할 수 있었다.

북대륙을 대표하다시피 하는 강국 스페렌 왕국의 해군들이 양 옆으로 도열해 있고, 그들의 정점에서 활동하는 왕족이 머리맡을 지나가는 상황이었다.

전체적인 섬의 크기라던가 해적들의 규모로 봤을 때, 이들만으로는 스페렌의 해군을 움직이기는 어려울 거라 여겼다.

'아오… 암전!'

욕지거리가 목구멍까지 치솟았지만, 저 스페렌의 왕족을 앞에 두고서 입을 함부로 놀릴 용기는 없었다.

갑작스레 소란이 발생할 즈음, 빠르게 몸을 빼냈어야 했다. 최소한 어디 땅속에라도 숨는 게 정답이었을 거란 생각이 들었다.

'괜히 바다로 나가서는… 쯧!'

그대로 스페렌의 해군에 잡혀버렸다. 애초에 소란 자체가 저들 해군의 등장으로 인한 것이었으니, 판단을 잘못해도 크게 잘못했다고 할 수 있었다.

오싹!

불현듯 들이치는 한기에 등골이 서늘해졌다. 뒤늦게 엎드린 그의 머리 앞으로 공주의 발길이 멈춘 걸 깨달았다.

"대가리 들어."

순간 환청이라도 들은 줄 알았다. 그렇지 않고서야 왕족의 말투가 저리 험악할 이유가 없지 않은가.

"내 말 씹냐? 귓구멍을 뚫어줘?"

그리고 좌우로 도열한 해군들이 쏟아내는 아찔한 기세에 그가 제대로 들었다는 걸 알았다.

'염병!'

혓바닥을 잘근 깨물며 조심스레 고개를 들었다.

"억!"

그리고 경악해야만 했다. 앞서 그 거친 말투와 어울리지 않는 너무도 아름다운 공주의 모습 때문에?

아니다. 그런 게 아니었다. 한 쪽 눈을 머리로 가리고 있는 공주의 모습이 눈에 익은 까닭이었다.

'이 여자는….'

앞서, 갑작스런 소란을 틈타서 탈출하던 과정에서 마주했던 여인이었다.

'아… 미치겠네!'

꼬여도 제대로 꼬였다는 걸 알았다. 눈앞의 여인이 한쪽 눈을 가리고 있는 이유 때문이었다.

'누가 공주인 줄 알았냐고.'

저 가려진 눈은 아마도 시퍼렇게 물들어 있을 것이다. 당연하게도 범인은,

'이런, 변이….'

에던 본인이었다.

제대로 똥 밟았다는 걸 깨닫는 순간이었다.

대륙에는 엘프 드워프 그리고 인어나 뱀파이어처럼 수많은 이종족들이 존재한다고 전해진다.

스페렌 왕국은 그런 이종족들 중 수인족과 깊은 인연을 지녔다고 알려진 국가였다.

그 실상이 어느 정도나 들어맞는지는 알 수 없으나, 이같은 이야기가 나오는 이유 중 하나는 전쟁에서 발휘되는 그들의 특별한 능력에 있었다.

마치 짐승들을 연상시키는 날카로운 발톱이나 사나운 이빨 그리고 이해하기 어려운 수준의 신체능력까지, 그들의 전투방식은 마치 맹수들의 그것과 닮아있었다.

실제로 그들 스스로도 수인족의 후예라고 자처하고는 하는데, 그들의 역사에는 오래전에 대륙에서 밀려난 수인족이 북쪽 차가운 대지위에 뿌리를 내렸다는 이야기가 전해지고는 했다.

또한, 알려지기로는 그들은 태어나 인지하는 순간부터 스스로 동물을 선택하고 함께 자라며 교감을 하는데, 그 와중에 수인족의 본능이 깨어난다고도 알려져 있었다.

그런 만큼 스페렌 왕국은 동물들을 특별히 여겼다.

감히, 그 안에서는 불법 포획이나 밀렵 같은 행위가 허락되지 않는 지역이었다.

동물은 아끼고 보호하며 사랑해줘야 할 대상인 것이다.

그 중에서도 특히!

영수로 지정되는 동물들의 경우에는 더더욱 특별 보호 대상으로 시정될 수밖에 없있다.

대개 영수라고 불리는 동물은 하나같이 왕족들의 교감을 위한 동물들로 여겨지는 까닭이었다.

이 같은 독특한 가치관과 생활 방식 덕분인지, 스페렌 왕국에서는 대륙에서도 보기 드문 희귀 동물들을 제법 볼 수 있었고, 환상처럼 불리는 동물들도 멀찍이서나마 구경을 하는 게 가능했다.

그리고 이런 이유로 인해, 스페렌 왕국을 찾아드는 밀렵꾼들이 제법 많았다.

보기 드문 희귀 동물들의 값어치가 남다른 까닭이있다. 살려서 구하는 것도 그저 가죽만 얻어가는 것도, 어느 것이건 그 값은 만만치가 않았으니, 밀렵꾼들에게는 그 시린 북쪽 대륙이 황금의 대지처럼 여겨질 수밖에 없었다.

그리고 이 부정한 자들로 인해 그녀가 움직여야만 했다.

프레이트 라 디-스페렌!

무려, 저 스페렌 왕국의 3공주이자 제 1왕비의 장녀로써, 가장 정통성 높은 왕족의 일원으로 불리는 여인이 바로 그녀였다.

'신수 백호!'

영수들 중에서도 그 급수가 상위에 꼽히는 동물로써,

무려 '신의 사자'라고도 불리는 동물들 중 하나이기도 한 백호가 밀렵꾼들의 손에 걸린 것이다.

보통의 영수도 아닌 무려 신수로 분류되는 동물이었다. 그녀가 움직이기에 충분한 이유가 되었다.

그들이 신수로 분류하는 영수는 그저 털만 하얀 호랑이가 아니었다. 실제로 그 영험함이 남다른 호족에서 태어난 백호로써, 차후 성장 과정의 의해 얼마든지 신수의 지위를 지니기에 충분하다 여겨지는 백호인 것이다.

게다가 그녀의 동생이자, 올해로 다섯 살이 되는 '에트라인 더 스페렌'의 교감을 위한 대상으로 지정된 동물이기도 했다.

다른 왕족들을 제치고 굳이 그녀가 직접 움직인 이유가 바로 거기에 있었다.

최초에는 육로를 통한 동선을 짚어나가며 조사를 했다.

하지만 이게 웬일?

그 흔적을 찾을 수가 없는 것이 아닌가.

당혹감과 동시에 분노가 일었다.

'내부소행이다!'

이토록 완벽하게 그 흔적이 지워졌다는 건, 그 같은 의심을 지닐 이유로써 충분했다.

기본적으로 스페렌 왕국은 수인족의 후예를 자처하고 거기에 합당할 정도로 특별한 능력들을 지니고 있는 만큼,

혈족 중심의 문화체계를 갖추고 있었다.

그래서일까?

북 대륙을 대표하는 강국이라고는 하나, 실제로 그들의 영토가 넓은 건 아니었다.

전체적으로 봤을 때, 오히려 자그마한 소국 수준을 겨우 넘어서는 정도였다. 하지만 그 덕분에 왕국 내부를 살피기에는 더욱 용이하다는 평가도 있었다.

그런 와중에 그 흔적을 아예 찾기가 어렵다?

'3왕비? 5왕비?'

몇몇 의심되는 이들이 떠올랐다.

특히, 세 번째 왕비의 경우에는 왕실의 장남을 낳았기에, 가장 높은 의심의 대상이었다.

일찌감치 영수와의 교감을 통해 강렬한 힘을 얻은 1왕자 였지만, 그래도 신수로 분류되는 백호에 비할 바는 못 됐 다.

아마도 이를 미연에 방지하기 위한 움직임이리라.

'뭍이 아니면 물이다!'

내부자의 소행이라 할지언정 이 정도로 흔적이 없다면, 다른 부분으로 시선을 돌리는 게 옳다고 여겼다.

'5왕비의 일족이 뱃길에 능했지.'

이 부분에서 해적들을 떠올릴 수 있었고, 다행스럽게도 그녀의 추측은 정확히 들어맞았다.

"찾았다!"

때문에 더 없이 기쁜 마음으로 외칠 수밖에 없었다. 어린 백호가 갸르릉 거리는 모습에서 어린 동생의 얼굴이 교차되었다.

그렇게 그간 쌓였던 화도 풀고, 정신적인 안정감도 찾아 들려던 그 때,

그를 만났다.

백호의 거처였던 자리로 달려오는 사내를 보며, 해적의 일원이란 결론 아래 냉혹히 손을 썼다.

이어진 결과는 놀라웠다.

'한 방….'

충격이었다.

'겨우… 한 방이라니.'

오히려 그녀가 단 일격에 정신을 잃어버린 것이다.

비록 그녀가 여인이라고는 하나, 그렇다고 해서 그 전투적인 능력이 낮은 건 결코 아니었다.

그들 스페렌 왕국이 작은 인원으로도 북 대륙의 강국으로 자리매김 한 건, 그들의 특별한 능력 때문이 아니던가.

개개인의 강함이 남다른 것이다.

당연하게도 그녀 역시도 뛰어난 능력을 지니고 있었다. 특히, 정통성 있는 왕족으로써 영수와의 교감을 통해 수인족의 능력을 키워온 덕분일까?

이제 겨우 20대 초반의 젊은 나이에도 불구하고, 이미

선임기사 급의 실력을 갖추고 있었다.

그럼에도 불구하고 단 한방이었다.

만약, 함께하던 그림자들이 아니었더라면? 어쩌면 최악
의 상황까지도 가정해야만 했을 것이다.

더욱 놀라운 건, 그녀가 쓰러진 이후 앞으로 나선 그림자
들까지 쓰러졌다는 점이었다. 왕족의 호위로써 선택된 이
들이니 만큼 하나같이 실력자들로 구성된 이들이었다.

그런 왕실의 그림자가 무릎을 꿇은 것이다.

굴욕이었다.

으득!

머리에 열이 나고 이가 갈리는 와중에도 백호를 무사히
찾았다는 부분에서 작은 위안을 얻으며 섬을 나왔다.

당연하게도 해적들의 근거지는 통째로 불살랐다.

그 와중에 섬에 갇혀있던 노예나 포로 및 생존자들을 따
로 자리에 모았다.

혹시나 하는 마음에 그 자리를 찾았고, 유심히 살폈다.

그리고,

"대가리 들어."

찾아버렸다.

잠시 눌러놨던 분노가 솟구쳤다.

복수의 시간이었다.

꼬였다.

아주 제대로 꼬여버렸다.

'공주라니⋯.'

에던으로써는 그야말로 하늘이 무너지는 것과 같은 이야기였다.

그나마 다행이라면 하나랄까?

'살려두길 잘했네.'

눈앞의 여인, 스페렌의 공주와의 만남이 떠올랐다. 탈출하던 와중에 마주했던 만큼, 제대로 확인하기도 전에 다급히 손을 썼었다.

여인 측에서 먼저 공격해 들어왔던 이유도 컸다.

달려드는 여인은 그야말로 짐승과 같은 몸놀림으로 들이쳐 왔고, 이런 그녀의 돌격에 깜짝 놀라서 반격을 했다.

실로 찰나라고 하기에 충분한 격돌이었다.

'어째, 느낌이 싸 하더라니.'

한 순간 비쳐진 그녀의 동작 속에서 해적들과 다른 느낌을 받았다.

분명 절도가 있는 기사들의 움직임과 달리, 오히려 산적이나 해적들과 어울릴 법한 야성미가 넘치는 동작들이었지만, 분명히 다른 무언가가 있었다.

뒤이어 호위처럼 보이는 이들이 등장했을 때, 뭔가 잘 못됐다는 걸 알았고, 다급히 왔던 길을 되돌아갔다.

노포 사노 탈출만 하면 되는 것이기에, 주저 없이 길음을 돌렸다.

그 와중에 호위로 보이는 이들 서넛 정도를 쓰러트린 건 말 못할 비밀로 묻어두고 싶었다.

하지만 그저 바람이련가?

"우린 초면이 아니지? 반갑다. 정말, 반가워!"

눈앞의 여인은 그 비밀을 탈탈 털어내고 싶은 모양이었다.

연신 반갑다고 읊조리는 말과는 다르게, 마치 영혼까지 털어버릴 듯, 뜨겁게 불타오르는 여인의 눈빛에 에넌의 시선이 조심스레 바닥으로 깔렸다.

'아… 꼬인다. 꼬여!'

인생 참 어려웠다.

3. 특급, 의뢰!

3. 특급, 의뢰!

스페렌 왕국은 비록 그 규모는 작으나 강국이라는 위치에 걸맞게 있을 건 다 있었다.

그 가장 대표적인 게 바로 에던이 직접 경험하고 있는 해군이었다.

그들 왕국이 바다를 끼고 있는 이유도 있겠으나, 들리는 이야기로는 전설처럼 전해지는 세이렌, 즉 인어족과 인연이 깊어서라는 이야기도 있었다.

그래서일까?

'빠르네.'

과거, 해전을 치르며 경험했던 타국의 해군선과 상선 그리고 최근 겪은 해적선까지 전부 나열해도, 스페렌의 해군이 보여주는 속도만큼 빠르진 않다고 여겼다.

그야말로 쾌속선이라는 말이 부족하지 않았다. 더욱 놀라운 건 그렇게 빠른 와중에도 흔들림이 적다는 점이었다.

'작지만 알차다는 게 틀린 말은 아니군. 그나저나….'

앞으로 어찌 될 지가 문제였다.

과연, 해적들과는 다른 것인지, 스페렌의 해군은 해적섬에 납치되었던 노예들이나 상인들을 따로 포박하거나 하진 않았다.

적정량의 금액만 지불한다면, 상인들의 경우에는 뭍에 닿는 즉시 해방이기도 했다. 노예들은 따로 그들 스페렌에서 관리하겠으나, 지금 보여주는 태도로 볼 때, 그들의 처우도 그리 나쁘지는 않을 터였다.

'그런데 왜 나만….'

공주의 명에 의해 왕실까지 직접 소환이었다. 그간 모아놓은 돈을 탈탈 털어서 내놓는다고 해도 풀려날 길이 없어 보였다.

오히려 그가 속해있던 상인에게는 따로 해약금으로써 돈을 지불해 줄 정도였으니, 빠져나갈 길은 없다고 봐도 과언이 아니었다.

'어떻게든 중간에….'

그의 오랜 경험을 살려 탈출하고야 말리라. 그렇게 각오를 다지고 또 다졌다.

철컹…철컹…

하지만 꿈이었던가?

기다리고 바라던 뭍으로 올라왔을 때, 철제 창살이 사방을 가두고 있는 기이한 마차가 그를 기다리고 있었다.

외형적으로는 해적들이 갇혀있는 마차와 닮아있었지만, 그 실상은 순수 강철로 이뤄진 마차였다.

"위험인물이니 주의에 주의를 살펴야 할 것이다!"

그에 대한 평가를 들으며 그는 가만히 눈을 감았다.

'망했베….'

될 대로 되라는 심정으로 그냥 그렇게 곯아떨어졌다.

그리고,

목적지가 코앞으로 다가왔다.

❖ ✛ ❖

스페렌 왕국의 수도 세베르난은 해군의 정착지에서 그리 멀지 않은 지역에 위치해 있었다.

그럼에도 불구하고 프레이트는 에던의 경계를 전에 없이 철저하게 준비하고 행했다.

이미 그녀를 비롯하여 그림자들이 크게 낭패를 봤던 경험이 있는 까닭이었다.

'최소한 고위기사….'

그 정도의 실력자를 허투루 대할 수는 없었다.

"아니, 도망 안 간다니까. 믿어 보라고!"

입버릇처럼 그가 하는 말이라는데, 누가 그 말을 믿겠는가. 아는 이들은 많지 않았으나, 무려 공주의 한쪽 눈을 시퍼렇게 만든 사내였다.

사형 감으로도 부족하지 않을 대죄인 것이다. 사건 당사자의 도주는 당연한 수순이었다.

하지만 그녀는 이 같은 사실을 알리고, 그에 합당한 처벌을 내릴 생각이 없었다.

공주가 단 일격에 쓰러지고 호위하던 그림자까지 함께 당했다?

그야말로 치부를 드러내는 격이었다. 그렇잖아도 왕실에는 그녀를 헐뜯으려 준비하고 있는 하이에나들이 한 둘이 아니었다.

'지금 같은 상황에 나약한 부분을 드러낸다는 건, 그야말로 악수나 다를 게 없으니까.'

이런 부분들을 생각한다면 은밀히 에던을 처리하는 게 옳았다.

아무도 알 수 없게, 혹은 알려지더라도 꼬투리를 잡기 어렵게, 깔끔히 정리를 해 버리는 게 최선이었다.

하지만 그럼에도 불구하고 그녀는 에던을 왕실로 데려갔다. 좀 더 정확히는 그녀의 거처로 향하고 있었다.

'최소한 고위기사…어쩌면…?'

그 끝에 이어질 의문 때문에 선뜻 그에게 손을 쓰기가 어려운 것이다.

'어쩌면….'

고심하는 사이, 저 앞으로 스페렌의 수도가 위엄을 드러
내기 시작했다.

❖ ✛ ❖

설마설마 했건만, 결국 실패했다는 보고를 받아버렸다.

'역시… 보통이 아니군. 프레이트 공주!'

그 위치는 왕국의 세 번째 공주일 뿐이겠으나, 정통성과
더불어 다른 왕자와 공주들보다 뛰어난 능력 덕분일까?

3공주라는 지위에도 불구하고 남다른 발언권을 지니고
있는 게 바로 프레이트 공주였다.

때문에 그녀가 직접 움직인다는 소릴 들었을 때, 일말의
불안감 정도는 느껴야만 했다.

하지만 그럼에도 불구하고 암전의 일처리 실력을 알기
에, 결국 실패할거라 여겼다. 하지만 오판이었을까?

'설마… 뱃길까지 눈을 돌릴 줄이야.'

암전의 능력을 믿었건만, 결국 신수 백호가 다시금 3공
주의 손에 들어갔다는 소식에 실망감을 감추기가 어려웠
다.

스페렌의 혈족으로써, 당연히 신수를 아끼는 마음 역시
남달랐으나, 그 신수가 경쟁자의 손에 들어갈 것을 뻔히 알
면서도 내어 줄 생각은 없었다.

그 때문에 암전과 손을 잡았고, 거래를 했다.

무려, 신수였다. 당연히 밖으로 빼돌릴 생각은 아니었다. 혈족의 일원들 중 뛰어난 아이에게 선사하여, 후에 딸아이와 연결을 시켜 줄 계획이었다.

암전에 팔고 다시 되사는 것이다.

물론, 그만큼 비밀 유지 등을 생각한다면, 그 값이 만만찮을 것이나 신수의 힘은 충분히 그만한 값어치가 있었다.

'초월자.'

그 절대적 영역에 오를 수 있는 가능성! '

'신수라는 건 그만큼 특별하지.'

영수 역시도 가능성이야 충분하나, 신수에 비한다면야 부족함이 있었다. 게다가 최소한 고위기사에 해당하는 능력을 지닐 수 있는 까닭에, 결코 손해 보는 장사가 아닌 것이다.

'결국…실패인가.'

안타까운 마음이 컸으나, 지금 당장은 웃어야만 했다. 신수의 복귀가 아니던가. 왕실의 축제였다.

"3왕비 전하. 나가실 시간이옵니다."

문밖에서 들려오는 시녀의 알림에 입가를 매만졌다.

지금은 웃어야 할 때였다.

의외라고 해야 할까?

에던은 스페렌 왕국에 도착하고 나면, 시작부터 사형이니 뭐니 하며 소란을 떨 거라고 생각했다.

하지만 그의 예상과는 전혀 다른 전개가 펼쳐졌다.

'이건, 뭐야?'

더 없이 편안한 잠자리와 달고 신 각종 과일들이 수시로 보급되는 이 기이한 장소는 무엇이란 말인가.

그야말로 최고의 휴양지에서 휴가를 보내는 것 같달까?

'흐음…'

너무 잘 대해주니 오히려 불안해지는 기분이었다.

'이유가 뭘까?'

아주 짐작이 안 가는 건 아니었다.

'의뢰인가.'

그가 보여줬던 실력이 문제였다. 앞서, 그가 상인의 호위를 위해 고용된 용병이라는 걸 알았을 때, 공주가 바라보던 눈빛이 돌변하던 걸 분명 기억하고 있었다.

당시에는 의미를 몰랐으나, 지금 이 대우를 찬찬히 돌아보고 있자니, 대충 짐작이 될 것 같았다.

'뭐…여차하면…'

도주를 생각하는 그의 머릿속으로 이곳까지 이르던 길목

이 생생하게 떠올랐다. 몇몇 어스름한 이미지도 있었지만, 목적지에 이르면 충분히 생각날 수준이었다.

이미 지니고 있는 경로만이라도 제대로 인지시켜 놓는다면, 상황에 따라 그만큼의 대처법도 생길 수 있는 법이기에, 틈틈이 시간 날 때마다 머릿속을 뒤적거리는 걸 아끼지 않았다.

그렇게 얼마나 이미지를 되새기고 있었을까?

"공주 저하 납시오!"

혹시나 싶던 인물이 그의 거처를 찾아왔다.

'프레이트…였지.'

차분히 머리를 숙이고 예를 갖추는 사이, 일단의 무리들이 방 안으로 들어왔다.

어렴풋이 보이는 발치의 음영만으로도 이미 그들의 정체를 알 수 있었다. 한 차례 마주한 적 있었던 공주의 그림자들이었다.

이미 한 차례 그에게 당한 경험 때문일까? 공주의 신변 보호를 위해 철저한 경계선을 긋고 있는 것이다.

"쯧! 거 참. 귀찮게들 하네."

그들이 등장하고 난 뒤에서야 프레이트가 투덜거리며 모습을 드러냈다. 한껏 불만어린 얼굴로 그림자들을 돌아보던 그녀가 한편에서 예를 갖추고 있는 에던을 내려다보다 입을 열었다.

"등짝 치워."

일순간 무슨 소린가 싶어 골똘히 생각하는 에던에게, 재차 프레이트의 일갈이 떨어졌다.

"내 사리 들라고."

'무슨, 공주가 말버릇이… 끄응!'

북 대륙의 스페렌 왕국이 상당히 험하다는 말을 듣기는 했지만, 설마 왕족까지 이렇게 막나가는 성격일 줄이야.

마치 동업자와 함께하는 기분이 들 정도였다.

'그래도….'

막상 얼굴을 마주하고 나자 그런 생각이 싹 달아났다.

'이거야, 원… 압도적이네.'

분위기에서 너무 차이가 났다. 막말 두어마디 정도로는 깎아내릴만한 수준이 아니었다.

"너 용병이랬지?"

하지만 분명 귀에 거슬리는 건 확실했다.

"그렇…사옵니다. 공주 저하."

왕족을 대하는 건 처음이었다. 따로 시녀들에게 배운 예법도 있고, 그 나름대로 최대한 공손한 태도를 갖추고는 있으나, 생소한 경험으로 인해 전신이 벌레에 물린 듯 가려운 건 어쩔 수가 없었다.

"표정이 왜 그래? 떫어?"

이 같은 감정이 결국 겉으로 드러난 모양이었다.

"오해…이십니다."

"흐으으음…."

의심의 눈초리로 바라보는 프레이트의 눈빛을 이리저리 피하며, 최선을 다해 표정을 수습해야만 했다.

겨우겨우 감정을 다스렸다고 여길 무렵, 프레이트가 준비한 한방이 터져 나왔다.

"사신, 운트!"

"쿨럭!"

적잖게 흔들리던 와중에 의표를 찔린 기분이랄까? 겨우 들이켰던 감정의 편린이건만, 이 한방에 그 정체를 온전히 표출시켜 버렸다.

그림자들 역시 의외였던 듯, 당혹감을 드러내며 에던을 바라보고 있었다.

"…역시! 정답인가."

짧은 그녀의 읊조림에 불확실한 추측성 찌르기에 낚여버렸음을 알았다.

물론, 따로 대답을 한 건 아니었지만, 프레이트의 확신에 찬 눈빛에서, 이미 모든 진실을 읽어냈음을 알 수 있었다.

에던이 마른침을 꼴깍꼴깍 삼키다 조심스레 입을 열었다.

"그게, 누구를 말씀하시는 건지…."

"어디서 개수작을, 팍 씨!"

당장이라도 내려칠 듯, 주먹을 불끈 쥐는 모습에 에던의 고개가 밑으로 떨어졌다.

하지만 그것도 잠시, 그의 눈빛이 돌변했다.

오싹!

동시에 프레이트는 등줄기를 타고 흐르는 서늘한 한기를 느꼈다.

차차차차차창…

그녀의 그림자들이 다급히 칼을 뽑아들었다. 그들 역시도 에던 주변이 공기변화를 읽은 까닭이었다.

수인족의 후예들인 그들은 동물과의 교감으로 인해 남다른 감각을 지니고 있었다. 당연하게도 에던의 미세한 변화에도 즉각적인 반응이 가능했다.

이런 그림자들의 모습에 에던이 그들을 주욱 돌아봤다.

'열 둘….'

과거라면 모르겠지만, 하루가 다르게 각성감각의 활성화에 적응하고 있는 지금에 이르러서는 결코 부담되는 숫자가 아니었다.

하지만 제대로 된 실력자들 이라는 건 분명했다. 짧은 갈등 끝에 결정을 내리려는 찰나였다.

"의뢰를 할까 하는데."

프레이트가 먼저 말문을 열며, 그의 판단에 제동을 걸었다.

"네가 정말로 사신이라면… 의뢰비는 당연히 특급이다."

그 순간 결정을 내렸다.

"헤헤! 제대로 보셨습니다. 고객님!"

어차피 무르기에는 너무 늦었다. 그렇다면 덥썩 무는 수 밖에 없는 것이다. 수입은 당연히 덤이었다.

❖ ✢ ❖

에트라인 더 스페렌!

올해로 겨우 5살 밖에 안 되는 스페렌 왕국의 막내 왕자로써, 가장 정통성 있는 후계자로 불리며, 어쩌면 차후 왕위를 노리기에 있어, 제법 유리한 위치에 있다는 이야기가 나오고 있는 게, 바로 8왕자 에트라인 이었다.

그 때문일까?

이제 겨우 5살이라는 어린 나이임에도 불구하고, 아이는 주변 분위기를 읽을 줄 알았고, 떼를 쓰거나 욕심을 부리기보다는 인내하고 기다리며 지켜보는 법을 먼저 배워버렸다.

본의 아닌 성장이며 발돋움이었으나, 이 진중한 모습에 주변인들의 기대치는 더욱 높아져만 갔고, 덕분에 이제 겨우 5살이란 나이에 왕권의 도전자이자 후계자로써, 그 무거운 책임감을 어깨에 지는 역할을 맡아야만 했다.

하지만 그런 아이에게도 한 가지, 조금은 또래와 비슷한 설렘을 느끼게끔 만드는 상황이 있었다.

"왕자님. 공주님께서 드디어 백호를 찾아오셨대요."

시녀에게서 그 소식을 전해 듣고는 저도 모르게 웃어버렸다.

신수 백호!

그 특별함으로 인해 이미 왕실 내에서는 남다른 유명세를 타고 있는 동물이었다. 하지만 적어도 에트라인에게 만큼은 전혀 다른 의미로써 반가운 동물이기도 했다.

[너와 함께할 평생의 '친구'란다.]

절대적인 그의 지지자이자 든든한 후견인인, 누이 프레이트 공주가 전해줬던 이야기가 떠올랐다.

친구!

아련한 울림이었다.

게다가 잠시나마 마주했던 백호의 모습 역시도 아른거렸다. 이제 겨우 눈을 뜬 어린 백호의 모습 때문일까? 마치 아기고양이 같던 그 앙증맞은 귀여움에 더더욱 마음이 갔다.

교감을 위한 의식을 치르기도 전이었건만, 그 잠깐의 만남에 이미 어린 백호는 아이의 가슴속에 깊은 발자국을 남겨버렸다.

수인족의 후예라서 피가 끓는 것일까? 아니면 그저 그보다 작은 어린 동물이 마음에 들었을 뿐일까?

정확한 정의를 내리기는 어려웠으나, 아이는 그 작고 새하얀 발자국을 떠올리며 기다리고 또 기다렸고, 그렇게 기다림이 결실을 맺는 순간이 찾아왔다.

"에트라인!"

그의 누이가 활짝 웃으며 찾아들었다.

"누님!"

아이답지 않게 조금은 딱딱한 말투였으나, 전에 없이 상기된 얼굴빛은 누이의 가슴을 뛰게 만들기에 충분했다.

한 차례 가족 간의 온기를 나눈 뒤, 기다리던 만남을 위해 뒤편으로 시선을 던졌다.

그리고 볼 수 있었다.

갸르릉…

자그마한 몸집을 지닌 새하얀 순백의 아기 호랑이!

그 작은 눈을 들어 시선을 마주하는 순간, 아이는 지금껏 보여준 적 없던 새하얀 미소를 활짝 피어내며, 그야말로 동심 가득한 웃음을 보여줬다.

오랜만에 보는 동생의 아이다운 얼굴에 누이는 또 한 번 감격스런 표정을 지을 수 있었다.

❖ ✛ ❖

[의뢰비는 당연히 특급이다.]

그 말과 함께 이어진 의뢰는 뜻밖의 것이었다.

[내 동생을 지켜다오.]

일평생 생각지도 못한 자리였다.

'왕자의 호위라니…'

밀려드는 부담감에 거절하고 싶은 마음이 굴뚝같았으나, 이미 뱉어놓은 말도 있는데다가, 거절하려는 순간 돌변하는 프레이트의 눈빛을 본 까닭에, 선뜻 무르기가 어려웠다.

[우선… 왕자저하를 뵐 수 있겠습니까?]

그리고 만났다.

'5살이라….'

얼핏 아이다운 모습을 보여주고 있지만, 한 눈에 봐도 또래와는 다른 분위기가 흘러넘쳤다. 말 그대로 '넘칠' 수준이었다.

어째서 그런 생각이 든 것인지 모르겠지만, 불현 듯 무리하고 있는 건 아닐까 하는 생각이 들었다.

'하긴… 일국의 후계자니.'

자세한 속사정까지는 아직 듣지 못했으나, 분명 그 압박감이 보통은 아닐 거라 짐작할 수 있었다.

문득, 아기 백호에게 관심을 쏟고 있던 아이가 그를 향해 눈빛을 던져오는 것이 보였다.

프레이트의 호위들 사이에 처음 보는 얼굴이 끼어있자, 자연스레 시선이 향한 듯싶었다. 한 차례 그를 응시하던 아이가 일말의 경계심을 내비치는가 싶더니, 누이에게로 눈길을 돌렸다.

이런 동생의 모습에 프레이트가 쓰게 웃었다.

'들켰구나.'

그래도 나름 위장이랍시고 그림자들 사이에 같은 복장을 입힌 채 세워놨건만, 동생은 한 눈에 에던을 알아봤다.

남다른 눈썰미라고 할 수도 있겠으나, 지금과 같은 부분에서 동생의 특별함을 느끼고는 했다.

저 어린 나이에 그 같은 차이를 한 눈에 알아본다는 건 그만큼 특별한 감각이 필수였다. 이는 즉 수인족의 혈통이 진하게 내려왔다는 걸 말해주는 것과 같았다.

잠시 고민하던 프레이트가 에던을 가리키며 말했다.

"오늘부터 네 검술을 담당하실 선생님이란다."

"예?"

"예?"

동시에 터져 나오는 똑같지만 약간은 다른 음성과 시선이 프레이트에게로 쏟아졌다.

당연히 에트라인과 에던이었다. 프레이트는 에던의 눈빛은 깔끔히 무시한 채, 동생을 바라보며 이야기를 이었다.

"올해로 너도 다섯 살이니. 슬슬 검을 쥐어도 될 것 같아서, 돌아오는 길에 따로 초빙하신 선생님이시란다."

생각지도 못한 선물을 받은 기분이랄까?

백호에 더불어서 드디어 검을 배운다는 기쁨에서였던지, 아이의 얼굴에 또 한 번 홍조가 깃드는 게 보였다.

이런 동생의 얼굴에 슬쩍 웃음 짓던 프레이트가 문득 눈살을 찌푸렸다. 대놓고 일그러진 에던의 얼굴을 본 까닭이었다.

혹여 에트라인에게 들킬까 싶어, 급히 자리를 옮겨 동생의 시야를 통제한 그녀가 두 눈 가득 불길을 피어 올리며 에던을 노려봤다.

하지만 뜻밖의 뒤통수를 맞은 에던 역시도 지지 않겠다는 듯, 눈가에 불꽃을 튀기며 시선을 마주하고 있었다.

이 같은 에던의 반응에 프레이트가 손을 올려 손가락을 두 개 폈다.

그러며 입을 벙긋거리는데, 오러홀이 없어 메시지 종류의 연공술을 익히지 못한 까닭일까? 입 모양으로 뜻을 읽어내는 구화술을 따로 익혀놓았던 에던은 한 번에 그 의미를 알아들을 수 있었다.

[의뢰비 따블!]

그 순간 프레이트에게서 벗어난 에트라인과 에던의 시선이 닿았다.

"헤헷! 앞으로 잘 부탁드립니다. 고객… 왕자 저하!"

언제 구겨졌냐는 듯, 활짝 핀 에던의 얼굴 가득 미소가 만개해 있었다.

'두 배라는데.'

당연히 콜이었다.

❖ ❖ ❖

신수 백호가 다시 스페렌으로 돌아온 일과 더불어, 또 한 가지 놀라운 이야기가 왕실을 뒤흔들었다.

"에트라인이 검술 선생을?"

5왕비 '세트란 칼 로-스페렌'의 고운 아미에 한 줄 균열이 일었다.

소식을 가져왔던 시녀가 황급히 바닥으로 시선을 내리깔며 그녀의 눈빛으로부터 도망쳤다.

"쯧! 한 발 늦었군."

나름대로 검술 선생에 관해서는 준비를 하고 있었건만, 그만 프레이트에게 선수를 빼앗겨 버린 것이다.

신수 백호와 관련해서, 그녀 역시도 사건에 한팔 거들었던 까닭에, 잠시 자중하고 있었던 게 실책이었다.

그래도 확실히 뜻밖이라는 생각은 들었다.

'외부인사란 말이지.'

수인족의 핏줄을 이은 까닭일까? 그들의 배움에는 조금 남다른 부분이 있었다.

때문에 대개 가르침은 각 혈족 내에서 뽑은 뒤 전수를 하는 게 관례였다.

동물과의 교감 속에서 짐승의 피가 깨어나는 만큼, 그들의 전투법은 정형화된 검술로는 전부 담아내기 어려운 부분이 있는 까닭이었다.

게다가 자칫 수인족의 피에 먹히는 걸 고려하여, 아이들의 육체적 가르침은 동물과의 교감이 안정된 이후부터 하는 게 보통이었다.

물론, 그 이전에 배움을 시작하는 이들도 있었지만, 대개 이 같은 경우는 수인족의 피를 더욱 끌어올려 철저하게 전사로써 키우는 이들에 한해 이뤄지는 방식이었다.

'프레이트 그년이 이런 사실을 모를 리가 없을 것인데.'

애초에 스페렌 왕국의 혈족이라면 누구나 아는 사실이었다. 때문에 더더욱 그 의도를 알 수가 없었다.

'무슨 생각이냐…'

파악하기 어려운 상황에 열이 나는 듯, 세트란의 얼굴 위로 한층 다양한 균열이 새겨지기 시작했다.

❖ ✛ ❖

뜻밖의 의뢰에 한 번 놀라고, 이어진 내용에 두 번 놀라야만 했다.

"에트라인에게는 검술 선생이라고 소개했지만, 그저 간단한 체력단련 정도만 시키고, 따로 검술을 가르칠 필요는 없다."

프레이트의 이 같은 이야기에, 에던은 잠시 벙찐 표정으로 그녀를 바라봐야만 했다.

'선생이라면서?'

차마 묻지는 못했으나, 얼굴에 드러난 표정에서 의문을 짐작한 프레이트가 이야기를 이었다.

"에트라인의 호위로 널 붙이려면, 절차가 복잡해지니 적당히 검술 선생이란 자리를 마련한 것뿐이다."

교감을 마치기도 전에 육체적인 배움을 시작하는 건 스페렌의 규칙과 어울리지 않았다. 때문에 반발은 있을지라도 반대는 하지 않을 거라 여기며 에던에게 선생 자리를 내린 것이었다.

'…3왕비와 5왕비라면 충분히 그러고도 남지.'

그러며 스페렌의 관례에 대해 이야기를 전하니, 어느 정도는 납득한 듯 에던이 고개를 끄덕이며 한 걸음, 아니 반걸음 물러났다.

이야기를 듣자 새롭게 떠오른 의문이 있던 까닭이었다.

"왕자 저하께서는 관례에 대해 모르시는 것이옵니까?"

프레이트의 대답이 또 의외였다.

"알고 있다."

또 다시 머리가 어지러워졌다. 알고 있으면서도 검술 선생이라는 말에 기뻐한 에트라인의 태도가 의아한 까닭이었다.

"복잡하게 생각할 것 없다. 관례라고는 하나, 교감 전에 배움을 시작한다고 해서, 혈족의 피에 잡아먹히는 건 아니니까."

게다가 왕국의 사람들이 착각하는 부분이 있었다.

"수인족의 피가 끓는 건, 대개 '혈족의 가르침'이 이어질 때에 발생하는 일이다. 하지만 너는 말 그대로 '외부'에서 초빙한 검술선생이다."

당연히 어느 정도는 가르침이 전해지더라도 문제가 없을 터였다.

이 같은 착각이 일어난 이유가 또 있다.

'폐쇄적인 전통이 만들어낸 결과물이지.'

그들 일족이 외부의 인사에게 배움을 청하는 경우는 드물었다. 혈족 전승이라는 왕국의 특성 때문이었는데, 왕실의 경우에는 이 같은 부분이 더욱 심했다.

외부인사에게 가르침을 받는 건, 혈족의 가르침을 충분히 배우고 난 뒤에나 가능했는데, 이 즈음되면 대개는 성인식을 치른 이후가 보통이었다.

그나마도 대륙에는 이러저러한 공부가 있다는 일종의 형식적인 배움일 때가 많았다.

"비록, 혈족의 가르침은 아니지만, 그래도 몸을 쓰는 것 자체가 일족의 피를 자극하는 건 사실이니까…."

거기까지 이야기하던 프레이트의 머릿속으로, 에트라인이 기뻐하던 얼굴이 떠오르며, 미안한 감정이 스며들었다.

동생 역시도 관례로 인한 폐해를 알고 있었다. 그녀가 직접 전해준 부분이니까 모를 수가 없었다.

어린 동생이 그나마 꿈을 꾸는 건, 다양한 소설 속 영웅들의 이야기를 읽어나갈 때 정도뿐이었다. 때문에 검술 선생이라는 이야기에 순수하게 기뻐했던 것이지 않겠는가.

하지만 그녀는 만에 하나의 사태에도 대비를 해야 하는 만큼, 아이의 동심을 지켜줄 수가 없었다.

"…연공법 같은 건 배제한 채, 적당한 체력단련 정도면 충분할거다."

이야기를 듣던 에던의 표정이 와락 일그러졌다.

'적당히라…'

세상에서 가장 어려운 단어가 아니던가.

하물며 상대는 왕족이었다.

'…끄응!'

극단적이고 싶은 욕망이 들끓었다.

4. 천재!

4. 천재!

   그건 실로 재미있는 보고였다.

   "에트라인에게 검술 선생이라. 허헛!"

   사내의 짧은 웃음에는 다양한 감정이 섞여 나왔다. 당혹
감과 더불어 일말의 유쾌함이 그리고 한 줄기 서글픔까지,
그야말로 하나의 단어로 통일하기 어려운 복잡한, 그런 기
이한 웃음이었다.

   리베이트 가헨 루-스페렌!

   북쪽의 강국, 스페렌의 국왕이 바로 사내의 정체였다.

   "왕비들의 머리가 아주 복잡하겠군."

   신수 백호를 비롯하여 이번 사태에 대해 어떤 비사가 숨
겨져 있는지, 이미 상당부분 짐작을 하고 있었다. 하지만

87

그럼에도 불구하고 직접적으로 나서진 않았다.

증거!

말 그대로 '짐작'만 하고 있는 까닭이었다. 1왕비는 분명 그에게 특별한 존재였으나, 어쨌든 그는 국왕이었다. 다른 왕비들을 챙겨야 하는 위치인 것이다.

거기에 더해 아이들의 경우에는 결국 그의 자식들이 아니던가. 후계문제로 인한 다툼에 선뜻 손을 내미는 건 그로써도 어려운 일이었다.

어쩌면 그 때문에 더욱 방관자의 입장을 고수하는 걸지도 몰랐다.

그렇기에 지금 이 상황이 유쾌한 한편 안타깝고 그러며 서글픈 복잡한 감정들을 주체하기 어려울 것이다.

"후우… 차라리 젊을 때가 좋았지."

멋모르던 치기 어린 시절, 아무런 생각 없이 날뛰던 그 철없던 시기가 더 나았다. 자리가 사람을 만든다고, 이젠 더 이상 그처럼 행동하기 어려운 위치였고, 나이였다.

'나이라…'

스스로의 생각에 슬쩍 발끈해버렸다.

이제 겨우 육십!

나이에 비해 20년은 젊어 보이는 건, 지닌바 경지 때문이기도 했으나, 별도로 그가 지닌 수인족의 특성 덕분이기도 했다.

"인생은 60부터지."

목표는 백세시대였다.

"그나저나… 에던 파인드라."

입 꼬리가 슬쩍 올라갔다. 이번만큼은 오로지 흥미로운 감정만을 듬뿍 담은 미소였다.

"사신 운트란 말이지."

프레이트의 그림자에게 전해들은 정보가 실로 놀라웠다.

원래 왕실의 호위들은 그 입이 무겁기 그지없었다. 따로 특별한 주술까지 걸려있어, 호위 대상의 허락이 아니고서는 국왕이라 할지라도 그들의 입에서 비밀을 알아내기란 불가능에 가까웠다.

말인 즉, 사신에 대한 내용은 프레이트가 그림자를 통해서 직접 전해 준 정보라는 뜻이었다.

혹여나 있을지 모를 왕비들이나 반대파의 의견을 적절히 조율해달라는 의미일 터였다.

'그보다… 그만한 실력자가 여전히 3급 용병이라. 허헛!'

실로 괴짜라는 말에 적합한 사내가 아니겠는가.

관례로 인해 발생하는 폐해에 대해서는 사실 프레이트가 아닌 그가 먼저 알아냈던 사실이었다. 때문에 에트라인의 갑작스런 검술 선생에 대해서도 크게 걱정하지는 않았다.

게다가 딸아이를 믿는 마음도 컸다.

'원체 똑똑한 아이니. 다 생각이 있겠지.'

제 동생에게 해가 될 짓을 하지는 않았을거라 여겼다.

지금은 그저 순수하게 사신 운트라는 사내에 대한 호기심만이 가득할 뿐이었다.

'궁금하군.'

따로 기회를 만들어 자리를 가지고 싶은 마음이었다.

차세대의 초월자!

'재밌겠어… 푸헐!'

과거, 젊은 시절에 왕족의 자리를 박차고 뛰어나가, 대륙 전역을 맴돌던 시절, 그 뜨겁던 시절의 혈기가 들끓는 것 같았다.

'생각해 보면….'

국왕이기 이전에 '학부모'라는 독특한 위치도 함께 지니고 있지 않던가.

"흘…."

그의 눈가에 한 줄기 이채가 스쳐갔다.

❖ ✛ ❖

잠시 잠깐의 경험 덕분일까?

아이를 가르친다는 게 이제는 결코 낯설지가 않았다.

'리아….'

그리고 루드.

한때나마 검술원을 맡았던 경험들이 제법 도움이 됐다.

"왕자 저하께서는 지금부터 하실 건, 아주 간단합니다."

두근두근 빛나는 얼굴과 눈빛으로 바라보는 에트라인의 어린 얼굴에 괜한 죄책감이 밀려왔으나, 애써 삼켜내며 준비했던 준비해놨던 적당한 가르침을 꺼내들었다.

"달리십시오."

그게 뭐냐는 듯 쳐다보는 에트라인의 얼굴을 바라보며 재차 외쳐주었다.

"달리는 겁니다."

그것도 종일!

"체력이야말로 모든 검술의 기본입니다."

그런 고로 뛰라는 강한 압박에 의해 결국 에트라인은 이른 아침부터 빈속에 뜀박질을 강요당해야만 했다.

사실, 검술원의 경험으로 얻은 도움이라고는 그럴싸한 설명 정도가 끝이었다.

'흠흠….'

일말의 의심을 지우고자, 이런저런 설명들을 더해가며 연무장으로 밀었다.

'검이건 뭐건, 아예 생각 자체를 하지도 못하게 굴려버리면 되겠지.'

잠시, 아이가 뛰는 걸 지켜보던 에덴의 시선이 뒤편으로 향했다. 프레이트가 그에게 붙여준 길 안내원 겸 호위였다.

'헹! 호위는 무슨, 감시자겠지.'

아마도 에트라인에게 어떠어떠한 가르침을 전하는지 세세히 기록하고 전달할 게 분명했다.

식사시간이 다가올 때까지 에트라인에게 뜀박질을 시킬 생각이다 보니, 생각보다 많은 시간적 여유가 생겨버렸다.

'그럼, 이 틈에 나도 가볍게….'

연공으로 몸을 풀 생각이었다.

지난 1년여의 시간동안 각성감각의 활성화에 적응을 했다고는 하나, 그래도 아직 부족함을 느끼고 있었기에, 시간이 날 때마다 틈틈이 연공법을 아끼지 않는 것이다.

특히, 스스로가 발전하고 있음을 생생히 느꼈던 경험 덕분인지, 자그마한 수련하나에도 흥겨운 마음이 묻어나오는 걸 감추기가 어려웠다.

그렇게 남는 시간을 통해 가볍게 연공으로 몸을 푸는 한편, 에트라인의 뜀박질을 주시하길 한참, 어느새 온전한 아침 해가 밝아오고 있었다.

"10분간 휴식 후에, 다시 뛰겠습니다."

혹여 아이가 헐떡이기라도 하면, 이처럼 적당히 호흡을 조절해가면 뜀박질을 멈추지 않았다. 해가 떴으니 머잖아 식사시간이 될 터였다. 그때까지 쉴 새 없이 굴릴 생각이었다.

어쩌면 가혹하다 할 정도의 체력단련은 그렇게 하루, 이틀, 사흘 쉴 새 없이 변함없이 이어졌다.

그리고,

나흘째가 되던 날 사건이 발생했다.

시작은 여느 때와 다를 게 없었다.

"체력이야말로 모든 공부의 기본이니까. 오늘도 열심히 기본을 공부하도록 하겠습니다."

그 같은 이야기와 함께 아이는 뜀박질을 시작했고, 에던은 언제나처럼 가볍게 몸을 풀었다. 틈틈이 아이의 호흡을 조절해줘야 하는 까닭에, 말 그대로 가벼운 연공일 뿐이었다.

그러다 아이가 헐떡이는 것 같으면, 잠시 지켜보다 이내 휴식 시간으로 이어졌다.

사건은 바로 그 잠깐의 휴식 시간에 터졌다.

"저기, 선생님. 한 가지 궁금한 게 있습니다."

"말씀하시지요. 왕자저하."

갑자기 뭘 물으려는 걸까 의문을 느낄 찰나, 에트라인이 자리에서 일어났고, 뜬금없이 이리저리 기이한 춤사위를 시작했다.

질문은 그 안에 담겨있었다.

"쿨럭!"

그와 동시에 에던의 헛기침이 터져 나왔다.

'베르말식 연공법?'

일순간 잘못 본 건가 싶었다. 눈을 비비고 다시 확인을 해 봤지만 분명 에트라인의 기이한 춤사위는 베르말식 연공법이 맞았다.

'말도 안 돼!'

혹시 그가 몰랐던 사실이라도 있는 건 아닐까?

'…따로, 가르치는 선생이 있나?'

잠깐 의심을 가져봤지만 이내 고개를 흔들며 털어냈다. 그도 그럴게 스페렌 왕국의 특성상 교감 이전에 '연공'은 금기나 다를 게 없다고 듣지 않았던가.

그 위험한 걸 왕실의 정통성 있는 후계에게 전할 이유가 없었다.

허면, 지금 눈앞에서 펼쳐지고 있는 건 뭐란 말인가.

'설마…'

부정하고 싶은 가정이 하나 떠올랐다.

'…내가 하는 걸 보고?'

믿을 수 없었다. 달리는 와중에 잠깐 훔쳐 본 게 전부일 것이건만, 거기서 연공법의 흐름을 읽어냈다?

그것도 겨우 3일 만에?

'그 거지 같은 걸 보고?'

유난히 놀라는 이유 중 하나는 그가 '가볍게' 행한 연공법이라는 점에 있었다. 막말로 표현하자면 '족보 없는' 연공법이나 다를 게 없는 까닭이었다.

'엉터리나 마찬가지일 텐데.'

단지, 연공의 의미보다는 각성감각의 안정화를 중점으로 둔 까닭에, 베르말식 연공법 내에서도 따로 몇몇 요체들만 분류해낸, 오로지 그만을 위한 '약식'의 연공법이었다.

나름 1년여의 시간에 걸쳐 완성되었다고는 하나, 그래도 완성도가 낮아서 그 외에는 사용도 할 수 없는 것이기도 했다.

때문에 더욱 믿기가 어려웠다.

'이건… 베르말식이잖아.'

가볍게 만든 약식도 아닌, 오히려 원형의 베르말식에 가까운 형태가 눈앞에서 펼쳐지고 있는 것이다.

아무리 삼류에 기초 연공법으로 분류된다지만, 그래도 하나의 완성된 연공법이었다. 그걸 저처럼 곁다리만 보고서 따라잡을 수 있다는 건, 실로 말도 안 되는 이야기였다.

마른침을 꼴깍꼴깍 삼키는 한편, 호위 겸 감시자를 살폈다. 에트라인이 연공을 하고 있다는 걸 어찌 생각할지 궁금한 까닭이었다.

그리고 의외의 표정을 볼 수 있었다.

-이건, 뭐지?

그 같은 감정을 얼굴에 드러낸 채, 에트라인의 춤사위를 지켜보고 있는 것이 아닌가.

그 나름대로 흐름을 되짚어가며 원형을 찾아가고 있다고는 하나, 시작은 엉성한 약식 연공법에서 있던 까닭일까? 얼핏 봐서는 이해할 수 없는 괴상한 춤사위일 뿐이었다.

그 때문에 아직 눈치를 채지 못한 듯 보였다.

'일단은 다행…인가.'

오히려 앙증맞은 손짓 발짓으로 보여주는 조금은 우스꽝스럽고, 또 한편으로는 귀여움 넘치는 에트라인의 춤사위에, 웃어야 할지 박수를 쳐야 할지 갈등하느라 정신이 없어보였다.

이런 이유 덕분인지 에던의 동요하는 얼굴 역시도 크게 티가 나질 않았다.

가까스로 표정관리를 마칠 즈음, 에트라인의 귀여우면서도 우스꽝스럽던 춤사위도 끝을 맺었다.

연공의 호흡법까지 고스란히 조절해가며 했던 것인지, 휴식을 취했다는 것도 잊을 정도로 전신은 땀에 흠뻑 젖어있었다.

적잖게 지친 기색으로 에트라인이 물어왔다.

"제가… 제대로 하고 있는 게 맞습니까?"

그것이 궁금했던 것인가.

'예! 제대로 하고 있습니다.'

에던은 그리 외치고 싶은 마음을 꿀꺽 삼키며, 힘겹게 표정연기에 들어갔다.

"무슨 말씀이신지…."

당장에 그가 내릴 수 있는 최선의 선택지였다.

'나는 모른다! 나는 아무 것도 못 봤다!'

그 역시 감시자와 마찬가지로, 그저 우스꽝스런 춤사위를 봤을 뿐이라는 걸, 강하게 어필하려는 것이다.

동시에 에트라인의 얼굴에 실망감이 깃들었다.

"선생님이 하던 걸 따라해 본 건데. 역시, 이상한 모양이네요."

그 순간 감시자의 눈빛에 물이 늘어왔다. 그는 이미 박수를 칠 준비를 마친 상태로 보였다.

'왜? 난 잘못 한 거 없다고.'

오히려 그의 대처가 바람직한 거라고 외쳐주고 싶었으나, 그랬다가는 숨기고자 하는 현 상황이 프레이트의 귀에 들어갈 수 있었고, 생각 이상으로 복잡한 일이 펼쳐질 가능성이 높았다.

'끄응…'

잠시간의 갈등 끝에 감시자가 바라는 답을 내어줬다.

"아닙니다. 잘 하셨습니다. 아주 훌륭…하시던 걸요."

그제야 감시자의 눈빛이 풀렸지만, 에트라인의 표정은 여전히 어둡기만 할 따름이었다. 마지못해 해주는 대답이라 여긴 것이다.

뒤늦게 터진 감시자의 박수소리가 왠지 처량했다.

'미치겠네.'

이래도 골치 저래도 골치니 그야말로 난제도 이런 난제가 없었다.

'그나저나…'

애써 표정을 수습하던 에던이 눈가에 한 줌 불꽃을 튀기며 에트라인을 바라봤다.

'정말로 그냥 따라한 거란 말이지.'

머릿속으로 떠오르는 단어가 있었다.

[천재!]

하늘이 내린 자질!

입안이 바싹 타는 기분이었다.

'조심해야겠네.'

여유 시간이라며 몸을 푸는 것도 주의를 살펴야 할지 모른다는 생각이 들었다.

동시에 한 가지 갈등이 일었다.

'어디까지 따라할 수 있을까?'

그답지 않은 생각일지도 모르겠으나, 하늘이 허락한 에트라인의 자질이 과연 어느 정도인지, 그에 대한 호기심이 가슴 한편을 흔드는 걸 느꼈다.

과거, 검술원에서 잠시잠깐 새겨졌던 감정, 가르치는 즐거움이 재차 떠오르려 하고 있었다.

'안 되는데….'

여러모로 골치 아픈 하루였다.

＊ ✛ ＊

과거, 대륙에서 무수히 많은 경험을 해 본 덕분일까?

'맙소사!'

그는 단번에 '진실'을 꿰뚫어 볼 수 있었다.

'에트라인 저 아이가….'

이미 프레이트가 붙여놓은 감시자를 통해, 아이의 공부 시간이 고스란히 전해지고 있었다.

물론, 이 역시 프레이트가 허락을 했기 때문이었으나, 그게 아니더라도 충분히 알아내는 건 어렵지 않았다.

스페렌의 국왕!

그가 지닌 위치를 생각한다면 크게 어려운 일도 아니었다. 게다가 '학부모'라는 나름 특별한 자리도 있지 않은가.

'…크흠, 흠!'

때문에 이 같은 특혜를 살짝 누려보고자, 남몰래 아이의 연무장을 찾은 것이다.

그리고 볼 수 있었다.

'설마… 연공법?'

젊을 적 대륙을 경험하며, 나름대로 이런저런 공부들을 한 바가 있다고는 하나, 전부를 아는 건 아닌 까닭에, 정확한 정체까지는 알 수 없었으나, 분명 아이는 연공을 하고 있었다.

때문에 이해 할 수가 없었다.

'이제 겨우 나흘째라고 했던 것 같은데?'

게다가 따로 가르친 것도 아니라고 들었다.

"허어…!"

이는 감탄일까? 아니면 한탄일까?

복잡한 기분의 소용돌이 속에서 그의 시선이 아이의 스승에게로 향했다.

'사신, 운트!'

멀찍이서 훔쳐들은 대화를 유추해도 아이는 스승의 것을 따라했을 뿐이었다.

그렇다는 건 아이의 연공법은 사신의 것을 훔쳤다는 것과 같았다.

'보통의 것이 아니겠지.'

물론, 이는 착각이었으나, 진실을 모르는 리베이트 국왕의 눈에는 그리 보일 수밖에 없었다.

어쨌든 그 같은 이유 때문에 갈등이 이는 것이다.

'차세대의 초월자 사신 운트의 연공법이라…'

대륙의 소문 정도는 귀기울이고 있었다.

이제 겨우 20대의 나이에 저만한 위치에 이르렀다는 건, 충분히 대단하다는 증거였다.

그 같은 존재의 연공법이라면 편린이라고 할지언정, 일부라도 얻는다면 충분히 왕실의 득이 될 게 분명했다.

하지만 교감 이전의 연공이 그들 일족에게 얼마나 해가 되는지 잘 알기에, 이 부분에서 또 한 번 갈등이 이는 것이다.

말려야 하는가.

'아니면…?'

젊을 적의 경험 덕분일까? 그는 일족의 전형적인 문제점을 잘 알고 있었다.

수인족의 핏줄로 인해 발생하는 남다른 육체능력이 분명

그들의 전력을 상승시켜 주는 건 확실했다.

거기에 연공법을 통해 오러의 축복을 받으니, 자그마한 소수의 왕국으로써, 북 내륙의 강국이라 불리기에 부족함이 없는 위치에 이른 것이다.

[마검사!]

굳이 비유를 하자면, 두 가지 힘의 혜택을 받았기에, 마법과 검을 동시에 사용하는 이들과 닮아있다고 볼 수 있었다.

하지만 마나와 오러의 반발작용을 제대로 통제하기 어려워, 성공적인 마검사가 역사적으로 손에 꼽는 것과 달리, 그들 일족은 오로지 육체적 능력 개발에만 두 가지 힘이 사용된다는 점에서, 별다른 힘의 반발작용이 없었고, 아주 수월하게 상승작용을 얻어낼 수 있었다.

그 덕분일까?

'대륙에서도 제법 즐길 수 있었지.'

특히, 왕실의 일원답게 영수와의 교감으로 남다른 강함을 쌓아왔던 만큼, 대륙을 떠돌던 시절 그에게는 실로 다양한 별명들이 붙고는 했었다.

그리고 이 모든 것들이 뜻하던 건 하나였다.

[차세대의 초월자!]

그 역시 한때는 그리 불렸던 적이 있었다.

물론, 당시에는 가명으로 활동을 했던 까닭에, 왕국 내에서는 아는 이들이 드물었지만, 분명 대륙의 신예로써 이름 높던 시절이 있었다.

그리고 이 당시의 경험 덕분에 일족이 지니고 있는 커다란 결점도 알게 되었다.

'마검사라는 게 듣기에는 좋지만….'

결국, 역사적인 관전에서 보자면 이도 저도 아닌 경우가 대부분이었다. 성공적인 사례가 드물지만, 그나마 성공적인 성장을 거친 마검사들 역시도 정점에 오른 경우는 드물었다.

그리고 이 같은 부분은 일족에게도 마찬가지였다.

'짐승의 피냐 인간의 피냐.'

둘 중 하나에 전념하지 못하게 되는 것이다.

그들 혈통을 생각한다면, 오롯이 수인족의 피를 깨워야 하겠으나, 그랬다가는 이성적 판단력이 흐트러지며, 자칫 괴물을 탄생시키는 경우가 생길수도 있었다.

그렇다면 인간으로써의 성장에 전념하는 선택지를 생각해 볼 수도 있겠지만, 오랜 혈통과 그로 인한 전통 그리고 수인족의 긍지가 그들로 하여금 연공의 법에 다다르는 걸 방해하는 것이다.

'확실히… 왕국 내에도 뛰어난 연공법이 여럿 있기는 하지만….'

교감이 이뤄지고 안정화가 되는 시기를 생각한다면, 대륙의 아이들에 비해 조금 늦은 시작점이 대부분이었다.

또한 지니고 있는 연공법의 경우에도 최고의 것들이라고 자부하기가 어려웠다. 그들 수인족의 역사 속에서 개량되고 변형된 것들이 대부분인 까닭이었다.

젊은 시절 대륙에서 차세대의 초월자로 불렸던 것도, 결국에는 이 같은 수인족의 특성을 살려 얻어낸 결과물일 뿐이었다.

'결국… 진짜에게는 안 됐지.'

여행이 한창이던 당시, 슬슬 스스로에 대한 확신을 얻을 무렵, 한 차례 무모한 도전을 했던 적이 있었다.

[별을 향한 도전!]

초월자에게 검을 뽑았다. 그리고 결과는 처참했다.

'…그야말로 압도적이었지.'

덕분에 기존의 관점에서 벗어나 새로운 시점에서 다시금 대륙을 돌아볼 수 있었고, 이때의 경험은 그로 하여금 크게 성장할 수 있는 발판이 되어주었다.

스페렌으로 돌아와 왕위에 올랐던 것 역시, 이때의 경험과 성장이 상당부분 작용을 했다고 볼 수 있었다.

분명, 변화가 필요하단 생각을 하고 있기는 했다.

'하지만…'

그게 굳이 자신의 아들일 필요가 있을까?

에트라인을 바라보는 그의 얼굴 가득 갈등의 빛이 맴돌았다.

유일하게 사랑으로 이뤄진 제 1왕비와의 사이에서 난 후계자였다. 다 같은 손가락이라고 해도, 조금 더 아픈 부위가 있는 듯, 아이를 향한 마음이 남다른 건 분명 사실이었다.

'뭐… 그냥 막내라서 더 눈이 가는 걸지도 모르지만.'

왕비들과 달리, 아이들에 대해서는 최대한 공정하고자 노력했기 때문이었다.

'후우….'

아이에게로 향하던 시선이 그 곁의 스승에게로 넘어갔다.

'의뢰기간이 신수 백호와의 교감이 끝날 때까지였지.'

일반적인 동물들과의 교감과 달리, 영수나 신수의 경우에는 교감을 하려고 해서 이뤄지는 게 아니었다.

때문에 이를 강제적으로 취하는 걸 가능케 하는 게 바로 왕실이 지닌 전통적 주술에 있었다.

일종의 '교감의식'이라고도 불리는 주술을 거친 뒤에도, 한동안의 안정기를 거쳐야 온전히 교감이 이뤄진다고 할 수 있었다.

이번 신수 납치 사건으로 인해, 준비를 서두르고 있다고는 하나, 그래도 차후 안정화에 접어들 기간까지 전부 잡아서 생각해 본다면, 결코 짧지 않을 터였다.

'우선은… 지켜볼까.'

당장 문제가 발생하지는 않을 거라 여겼다.

그렇게 믿고 싶었다.

게다가 만에 하나의 사태가 발생하더라도, 어떻게든 해결할 수 있을 거라 생각했다. 그게 어렵더라도 최소한의 처방 까지는 할 수 있을 거란 자신 정도는 있었다.

여차하면 신수 백호를 포기하는 것도 염두에 둘 생각이 었다.

분명, 사신 윤트의 닌공법도 매력적이기는 했으나, 그것만으로 이 같은 선택을 하는 건 아니었다.

'조금만 더….'

아버지의 자리에서, 그저 아들의 재능이 싹트는 순간을 좀 더 지켜보고 싶을 뿐이었다.

❖ ✢ ❖

안다!

아주 잘 안다!

이런 마음이 들면 안 된다는 걸 알고 있다.

'하지만….'

자꾸 욕심이 났다.

"끄응… 미치겠네!"

에던은 뒷머리를 벅벅 긁어대며 연신 짜증을 내비쳤다.

8왕자 에트라인의 재능을 알아채고 일주일이 지났다. 결코 길지 않은 시간이었으나, 아이는 놀랍도록 발전을 거듭하고 있었다.

'놀랍다는 말로도 부족하지. 쯧!'

휴식시간마다 틈틈이 춤사위를 보여 주는데, 그 때마다 완성도를 더해가는 연공법의 모습에 얼마나 경악해야 했던가.

더욱 충격적인 사실은 나흘째 되던 날, 아이의 재능을 알아본 뒤로 단 한 번도 연공의 모습을 보여준 적이 없다는 것이었다.

말인 즉,

"그 짧은 기억을 되새기면서, 혼자 완성도를 높여가고 있다는 거지. 미친 재능이네. 진짜…."

문득, 아이가 다른 기사들이나 호위들의 연공장면을 목격하면 어떻게 될까 하는 궁금증이 일었다.

'최악이지!'

다행스럽게도 왕국의 기사들은 별도 연무장이나 개인 시설에서 연공을 하는 까닭에, 이 점에 대해서는 우려할 사태가 발생하진 않을 듯싶었다.

그럼에도 불구하고 하루하루 피가 마르는 기분이 드는 건, 어느새 아이의 베르말식 연공법이 온전한 모습을 갖춰가고 있는 까닭이었다.

결국, 감시자의 눈에도 이상한 부분이 잡힐 것이고, 머잖아 프레이트의 귀에도 전해지게 될 확률이 높았다.

최악의 상황을 가정하자면, 8왕자에게 해를 끼쳤다는 죄목을 씌운다거나, 앞서 덮어두었던 해적섬의 사건을 들춰낼 수도 있었다.

스페렌의 심장부에서 그들의 공적이 된다?

'피똥 싸는 거지!'

그 도주로는 상상만으로도 치가 떨렸다.

"이제 와서 의뢰를 무르자고 수는 없겠지···끄응!"

하지만 그럼에도 불구하고 아이에 대한 욕심이 자꾸 일어났다.

어쩌면 호기심이 더 클지도 몰랐다.

리아 그리고 루드!

두 아이를 가르치며 느낀 점이 있었다.

[전수 불가!]

각성감각을 비롯한 그의 공부는 전하는 게 어렵다는 것이다. 불가능에 가까웠다.

그의 대표적 공부를 뽑으라면 세 가지를 들 수 있었다.

각성감각!

회복력!

'그리고··· 눈!'

실로 다양한 검술을 공부하고 또 그 이상으로 많은 실전들을 통해 체득하고 경험한 덕분에, 그의 눈은 검의 궤적을 읽어낼 수 있었고, 그 안에서 최단의 거리를 볼 줄도 알았다.

말 그대로 '보는 법'을 깨우친 것이다.

하지만 이 중 어느 하나도 제대로 전수하기가 어려웠다.

'먼저, 각성감각.'

이 경우에는 그와 마찬가지로 생사를 넘는 경험을 족히 백여 차례 이상은 해야 한다는 추측성 가설을 세운 상황이었다.

'당연히 불가능하지!'

그 스스로도 어떻게 그 말도 안 되는 사지 속에서 꾸역 꾸역 살아남았는지가 신기할 정도였으니, 더 말해 무엇하랴.

그렇다면 회복력은 어떨까?

'이것도 무리…'

절로 고개가 저어졌다.

드라필만의 주인이자 별의 영역에 오른 초월자인 루드말의 조언에 따르자면, 그의 육신은 오러홀이 없기 때문에, 육신이 흘러들어오는 오러를 대신 받아들인다고 했다.

그 양이 얼마나 축적되는지도 미지수였고, 게다가 이 같은 상황에 이르자면, 먼저 '오러홀의 파괴'라는 과정을 거쳐야 한다는 추측성 가설을 낸 상황이었다.

"미쳤다고 그 좋은 걸 박살내."

'제정신이 아니고서야…'

때문에 이 역시 불가였다.

'아예 시도 자체를 말아야지.'

그렇다면 마지막으로 '보는 법'이었는데, 이는 그나마 가능성이 높았다.

'…그래. 높다고 생각했었지. 쯧!'

하지만 앞서 리아와 루드를 가르치며 느낀 건, 어쩌면 이 역시도 불가능에 가깝지 않을까? 하는 추측 혹은 결론이었다.

그가 기억하는 것만 해도 무려 세 자릿수에 달하는 검술을 배웠다.

하나같이 삼류에 보질 깃 없는 깃들일지언정, 우선 이혔다.

그가 머리가 좋아서 이 모든 걸 익힐 수 있던 게 아니다. 그저 무수히 많은 실전 속에서 경험이란 값을 치르며 몸으로 체득했다.

이제는 그 순서가 뒤죽박죽이 되어버릴 만큼, 무수히 많은 실전 속에서 가다듬은 것이다.

어쩌면 각성감각의 보이지 않은 지원 속에서 키워진 게, 바로 이 '보는 법'이 아닐까 싶은 가설이 나왔다.

그게 아니더라도, 무려 세 자릿수에 달하는 검술을 배우고 익혀야 했고, 그 핵심을 짚어낼 수 있어야 했다.

과연, 그 같은 일이 가능할까?

리아와 루드를 가르치며, 두 자릿수에 달하는 검술도 제대로 이해시키면 다행이라는 생각을 했었다.

몽크 대법관 헤일러의 눈으로 보기에도 두 아이는 괜찮은 재능을 지녔다고 했건만, 그럼에도 이 같은 결론이 나온 것이다.

하지만 8왕자 에트라인은 달랐다.

'그 천부적인 재능이라면….'

엉터리 연공법에서 그 본질까지 꿰뚫어 보던 눈이라면?

어쩌면 그의 공부 하나쯤은 세상에 남길 수 있지 않을까?

'보는 법 정도는, 가능할지도!'

게다가 이곳 스페렌에 머물며 수인족의 감각이 얼마나 특별한지 보고 느낄 수 있었다.

이 남다른 감각이 어쩌면 각성감각의 보이지 않는 지원 역할을 대신해 줄 수 있지 않을까?

'어쩌면….'

작은 호기심 혹은 기대감 또는 욕심이, 자꾸만 그의 가슴에 피는 작은 불길에 부채질을 하고 있었다.

❖ ❖ ❖

사신, 운트!

그와의 만남은 실로 우연이었고, 정체를 알아본 것 역시도 반쯤은 운이나 다름없었다.

'정말, 운이 좋았지.'

프레이트는 그리 생각하며, 그와의 첫 만남을 떠올렸다.

단 일격에 그녀가 정신을 잃었고, 뒤이어 그림자들도 한 방을 버티지 못했다.

정신을 잃은 그녀의 주변을 근접 경호하던 이들만이 그 치욕적인 상황을 피할 수 있었다. 그리고 이들을 통해 당시 상황을 전해 들었다.

[하고자 한다면, 일격에 필살도 가능했을 것 같습니다.]

말인 즉, 그들에게 힌 줌 자비를 배풀있다는 의미었다. 때문에 믿기 싫었고 잠시간 외면했었다.

그녀와 그림자들은 왕실의 일원이고, 왕국의 정예였다. 그런 이들이 한꺼번에 당했다는 건, 그만큼 자존심이 상하는 일인 것이다.

왕국으로 복귀하는 내내 들끓는 화를 달래며, 겨우겨우 진실을 정면으로 마주할 수 있었다. 그리고 다시금 호위들이 해줬던 이야기를 되새겼다.

[일격에 필살!]

떠오르는 이미지가 있었다. 혹시나 하는 마음에 그의 이름을 재차 들췄고, 설마 하는 마음을 가졌다.

[에던 파인드!]

비슷한 이름이 분명 대륙을 뒤흔들고 있음을 알았고, 이를 확인하고자 슬쩍 그의 앞에서 운을 띄웠다.

"사신, 운트!"

"쿨럭!"

즉각적인 그의 반응에 확신했다.

'대어다!'

눈두덩이를 푸르스름하게 물들였던 상대라는 건 잠시 한편으로 치워둔 채, 그를 향해서 낚싯대를 드리웠다.

결정적인 미끼 한방에 찌가 흔들렸다.

[의뢰비 따블!]

그가 수락한 덕분에 동생 에트라인의 호위에 비장의 카드 한 장을 숨겨놓을 수 있었다.

물론, 그 한명만을 믿고 호위를 게을리 하는 건 아니었다.

[차세대의 초월자!]

그리 불리고는 있으나, 아직 그는 '차세대'라는 수식어를 붙이고 있는 사내였다.

분명, 그녀나 그림자들보다 뛰어나다는 건 인정하나, 북대륙을 대표하는 강국인 스페렌에 그보다 못하는 실력자가 없다고는 생각지 않았다.

그저 조금 더 잘 드는 칼이라고 여길 뿐이었다.

'어차피 동대륙의 소문일 뿐….'

제법 명성이 자자한 세 개 왕국의 전쟁 중에 발생한 소문이기에 그 이름값이 더 남다르게 여겨진 거라 여겼다.

물론, 충분히 그만한 실력이야 있다는 건 인정했다.

'고위기사!'

때문에 비장의 수로써 동생 곁에 붙여놓은 것이다.

당연히 그를 완전히 신뢰하는 것 역시 아니었다. 타국 그것도 저 먼 동대륙에서 유명세를 떨치던 실력자가 아니던가.

의뢰를 하긴 했으나, 감시자를 붙여서 틈틈이 그를 관찰하는 중이었다. 최악의 순간 그를 믿을 수 있는지에 대한 관찰이었다.

그럼에도 믿음이 큰 건, 그만한 실력자라면 자신의 위치를 허투루 여기지 않을 거라 여기는 까닭이리라.

'용병이라면 의뢰와 계약을 무시할 수 없는 법이니까.'

이 같은 영역은 저 '암전'의 청소부들도 비슷했다. 물론, 지저분한 일들을 주로 하는 까닭에, 신뢰도가 그리 높지는 않으나, 그들도 나름 의뢰라는 부분에 대해서는 지키고자 하는 원칙이 있었다.

'오히려 문제가 있다면… 그 '의뢰' 자체에 있겠지.'

암전을 추격하던 와중에 만난 존재가 '사신'이었던 까닭에, 그를 온전히 신뢰하기가 어려운 것일 뿐이었다. 그럼에도 믿음을 키우는 건, 그녀와 그림자들에게 '자비'를 베풀었기 때문이리라.

'우선… 아직은 좀 더 지켜봐야겠지.'

에트라인의 교감의식을 서두르고 있다지만, 아직 여유가 제법 있었다. 관찰하기에 충분한 시간이 있을 터였다.

단지, 걱정이 있다면 에트라인의 검술 선생이라는 자리에서, 혹여 이상한 말썽이라도 부리는 것이었다.

'설마…'

나름대로 충고를 해 놨으니, 그런 일은 없을 거라고 믿을 뿐이었다.

베르말식 연공법!

흔히 구할 수 있는 싸구려 삼류 연공법으로써, 그 가격은 그야말로 푼돈이라는 말이 아깝지 않은 수준이었다.

그럼에도 불구하고 이를 익히는 이들은 드물었다.

'효율이 안 좋으니까.'

안정성으로는 이미 정평이 나 있다. 하지만 말 그대로 안정성만 인정받을 뿐, 오러의 축적에서는 그야말로 극악하다 할 수 있는 수준인 까닭이었다.

그 값싼 가격 때문에, 주머니에 푼돈밖에 없는 이들만이 손대는 정도였다.

'나도 그런 부류였지.'

에던 역시도 그런 경위로 구하고 익혔던 게 바로 베르말식 연공법이었다.

차후 의뢰를 받고 조금씩 돈이 모이며 다른 연공법들을 구해 익히기는 했지만, 그 즈음에도 베르말식 연공법을 버리진 않았었다.

'별 차이를 못 느꼈으니까.'

그의 기억으로는 이미 그 즈음에 오러홀이 파괴되었던 것 같았다. 그 때문에 새로운 연공법을 익혀도 마땅히 오러 축적량을 체감할 수 없으니, 다른 연공법과의 차이점을 모를 수밖에 없었다.

베르말식 연공법을 꾸준히 하게 된 건, 맨 처음 손에 댔던 것이라는 아주 단순한 이유였고, 그 때문에 습관처럼 다른 연공법을 하면서도 틈틈이 행해왔을 뿐이었다

지금에 와서는 그 무의미한 것 같던 시간들이, 제법 값졌다는 추측을 할 수 있었지만, 분명 당시에는 적잖은 허무를 느꼈었다.

이런 저런 경험들, 그 중에서도 가장 극적인 경험이라 할 수 있는 각성감각의 활성화에서, 베르말식 연공법은 그 특성을 극도로 발휘했다.

[안정성!]

극단적으로 이야기하자면, 각성을 통해 활성화된 감각은 그를 미치게 만들어도 이상하지 않을 정도로 날이 서 있었다.

하지만 베르말식 연공법은 이를 제어해줬다.

[싸구려 연공법!]

그 개념은 이 순간 깨어졌다.

'베르말식 연공법은 결코 싸구려가 아니지!'

에던은 바로 그 점에 기대고자 했다.

'그러니까 제대로 따라해 봐라!'

짧게 호흡을 고르던 에던이 연공을 시작했다.

에트라인의 검술 수업 시간에, 그간 자제하고 있던 연공을 하고 있었다.

당연하게도 에트라인은 뜀박질이 한참이었는데, 그의

연공이 시작된 순간부터 뜨거울 정도로 시선을 보내오는
게 느껴졌다.

'봐라!'

그리고 얼마든 훔쳐가라!

지금 그가 행하는 건 약식으로 해 오던 연공법이 아니었
다. 제대로 된 베르말식 연공법을 펼치고 있었다.

그 때문일까?

아이의 시선을 느끼던 것도 잠시였고, 오래지 않아 온전
히 그만의 세계로 진입하며 연공에 몰입하기 시작했다.

하지만 빠져들지는 않았다.

"푸후우우우…."

지금 그는 '스승'으로써 이 자리에 서 있는 까닭이었다.
가까스로 목만 축이는 정도에서 끝낼 수 있었다.

"10분간 휴식!"

즉각 아이의 뜀박질을 멈췄다. 그는 보여주고 잔을 채웠
을 뿐이다. 이를 들고 취하는 건 아이의 몫이었다.

가만히 자리에 앉아, 아이의 모습을 지켜봤다.

'역시!'

변화가 있었다. 지친 얼굴로 휴식을 취하고 있건만, 두
눈만큼은 형형한 안광을 내비치고 있었다.

조금 전, 그가 보여줬던 연공을 되새기며 이를 각인하고
있는 것이다.

그리고 이 같은 아이의 천재성을 훔쳐보며, 찬찬히 도주

로를 검토했다.

'도망치는 것 외에는 방법이 없으니… 끄응!'

이미 아이는 연공을 익혀가는 상황이었고, 언젠가는 프레이트에게 알려질 수밖에 없었다.

'기왕 들킬 거, 저지르고 보는 거지!'

때문에 아예 연공법 자체를 내보였다.

물론, 스페렌의 혈족들이 지녔다는 특성을 떠올리며, 수인족의 피에 잡아먹히는 걸 경계하는 마음도 컸다.

'베르말식 연공법이라면….'

각성감각의 활성화 속에서 온전히 그의 정신을 잡아주었던, 연공의 법이라면 최소한의 안전장치 정도는 될 거라 여겼다.

아이의 천재성을 믿었다.

'하늘이 저만한 재능을 준 이유가 있겠지.'

평소 이 같은 이야기를 크게 귀담아 듣지 않았으나, 이번 만큼은 왠지 그 내용에 주의를 기울이게 되어버렸다.

문득, 아이가 자리에서 일어나는 게 보였다.

'…벌써 다 새겼다는 건가?'

휴식시간이 5분 정도밖에 안 지난 시점이었다.

아니나 다를까. 아이는 자리에서 일어나자마자 몸을 움직이고 있었다.

이제 겨우 5살이라는 어린 나이 덕분에, 그 앙증맞은 손과 발짓이 기이한 춤사위를 만들어낼 뿐이었지만, 에던이 보기에는 아주 제대로 된 베르말식 연공법이었다.

"하…!"

저도 모르게 터져 나오는 탄성 혹은 탄식에 감시자가 잠시 묘한 눈으로 쳐다봤으나, 무시하며 아이의 연공을 지켜봤다.

혹여 틀린 점이 없는지, 잘못된 부분이 없는지 세세히 살피고자 함이었다. 본격적으로 스승의 위치에 서기로 한 이상, 이는 당연한 수순이었다.

'쩝….'

민망하게도 아이는 아주 제대로 연공을 마쳤고, 에던은 새삼 천재라는 존재에 대해 실감해야만 했다.

그리고 이게 시작이었다.

일상 자체는 언제나와 다를 게 없었다.

아이는 뜀박질을 하고 에던은 그저 혼자만의 시간을 가지는 것이다. 하지만 그 내용을 파고들어 보면 전혀 달랐다.

'이번에는 프란트 검술을.'

뜀박질 시간동안 베르말식 연공법으로 몸을 풀던 에던이, 수시로 검술을 펼쳐 보이기 시작한 것이다. 게다가 자주 그 검술의 형태가 바뀌고 있었는데, 이는 지켜보던 감시자마저도 경악하게 만들 정도로 그 수가 다양하고 또한 깊었다.

'어찌… 저렇게 많은 검술을 익힐 수 있다니… 저게 가능한 거야?'

삼시사의 경악스런 표정이나 신음성 따윈 무시한 채, 에던은 열정적으로 검을 움직였고, 수시로 아이의 시선을 확인했다.

진실을 이야기하자면, 안타깝게도 그 역시 제대로 익힌 건 몇 없었다. 그저 실전에서 목숨을 담보로 그 핵심적인 부분들만 일부 취했을 뿐이었다.

제대로 된 형을 내비치기는 어려웠다.

'하지만… 그거면 충분하지.'

그렇게 믿었다.

'어디까지 하나, 한 번 보자!'

하늘이 허락한 재능이 어디까지인지, 그저 지켜볼 뿐이었다.

과연, 아이는 특별했다.

에트라인은 스승과 달리 그저 맨손으로 엉성한 몸짓으로 이리저리 몸을 움직일 뿐이었다. 하지만 그 안에 이미 검의 흐름이 포함되어 있었다.

어린 나이 때문일까?

제법 포동포동하고 앙증맞은 손짓과 발짓들이 아직까지는 감시자의 시선에서 자유롭게 만들어줬다.

'뭐…이대로라면 머잖아 들키겠지만.'

하루가 다르게 아이의 몸짓이 변화하는 걸 느끼고 있었다.

체형으로 감추는 것도 얼마 못 갈 터였다.

'뭐, 당장 들키지는 않겠지.'

도주로의 동선을 완성시키기 위한 최소한의 시간 정도는 구할 수 있을거라 여겼다.

그렇게 믿었고, 믿고 싶었다.

"설마, 연공법을 가르치고 있는 건가?"

하지만 상황이란 언제나 바라는 대로 이뤄지는 건 아닌 모양이었다.

갑작스런 방문자가 대뜸 이렇다 할 인사말도 없이, 기이한 이야기를 꺼내들며 말문을 건네 오는 것이 아닌가.

중년미가 넘치는 한편, 야성적인 매력까지 넘실거리는 외모가 괜한 질투심을 폭발시키는 그런 외모였는데, 왠지 마주하고 있는 것만으로도 불길한 느낌을 주는 사내였다.

'누구…?'

고개를 갸우뚱하는 에던의 모습에서 의문을 읽어냈음 일까? 사내가 짧은 웃음과 함께 이야기를 이었다.

"허헛! 아이를 맡겨놓고, 이제야 인사를 하는군."

딱히 누구라고 소개를 한 건 아니었으나, 그 짧은 내용 속에서 불현 듯 떠오르는 단어가 있었다.

'아이? 에트라인? 설마…'

식은땀이 등줄기를 타고 흘렀다.

[국왕!]

마른침이 연신 목구멍을 자극했다.

설마 하는 마음에 긴장어린 표정이 되어 사내를 바라봤다. 그가 하얗게 웃으며 고개를 끄덕였다.

"내가 에트라인 애비일세."

등줄기를 타고 흐르는 전율 속에서, 방문 당시의 첫마디가 떠올랐다.

'연공법….'

머릿속이 하얗게 변하는 기분이었다. 이런 그의 모습에 여전한 모습으로 리베이트 국왕이 입을 열었다.

"학부모 상담 좀 받아 볼까 해서 찾아왔네."

물론, 그 내용이 제대로 귀에 들어오지는 않았다.

"주제는… 연공법. 어떤가?"

그 와중에도 딱 한 단어만큼은 정확히 귀에 박혔다.

[연공법!]

그와 동시에 떠오르는 단어도 있었다.

'망했다!'

왠지 머리가 어지러워졌다.

5. 루딘!

5. 루딘!

아들의 천재성을 확인하고, 스승의 뛰어남을 알기에, 스페렌의 국왕 리베이트는 한동안 지켜봤다.

그저 지켜만 봤다.

'정말… 사신?'

그리고 의문을 느껴야만 했다. 처음에는 의아한 마음이 들었고, 이내 의문에 다다랐고 뒤이어 의심으로 흘러갔다.

'잘못 본 게 아니라면, 저건… 에트렉 검술인가.'

틈틈이 아들의 수업을 훔쳐봤던 덕분일까? 어느 순간부터 에던이 아들을 제대로 가르치고자 한다는 걸 알게 되었고, 그로 인해서 다양한 검술들을 의도적으로 펼치고 있다는 것 역시 알 수 있었다.

자주 찾아오는 건 아니었으나, 간혹 찾을 때마다 비치는 검술들이 실로 다양하고 또 깊었다.

하지만 기이하게도 그 중간 중간 이해하기 어려운 것들이 섞여있는 것이 아닌가.

'어찌… 에트렉 검술을?'

그 이전에 펼쳐졌던 것들 중, 그가 알아본 것들을 찬찬히 되새겼다.

'싸구려… 삼류….'

그런 단어들이 자연스레 연상됐다. 어쩔 수가 없었다. 절은 시절, 대륙을 떠돌던 당시 그의 위장신분과 제법 관계가 있는 것들인 까닭이었다.

용병!

한때나마 차세대의 초월자라 불리며, 용병계의 신성이라 떠받들어 졌고, 당연하다는 듯이 용병 '왕' 의 후보자리에 이름을 올리기도 했었다.

당시 몇 가지 기본적인 검술들을 익혔는데, 이는 용병들이 가장 자주 접하는 값싼 검술들로써, 신분을 위장하기 위해 익혀둔 것이었다.

그 시작을 3급에서부터 시작했고, 자연스레 시간을 들여 급수를 높여갔던 까닭에, 더더욱 밑바닥의 생활에도 신경을 기울일 수밖에 없었다.

어쩌면 이 같은 밑바닥의 생활이 있었기에, 여러 용병들에게 떠받들어 지며, 그에게 '용병왕' 이란 자리가 가까이다가왔던 것일지도 몰랐다.

물론, 용병왕의 후보로 여겨진다고 해서 실제 '왕'이 탄생하는 건 아니었다. 오랜 세월 무수히 많은 후보가 있었지만, 대개 그 자리를 넘지 못하거나, 다른 곳으로 떠난 경우가 많아, 거기에서 끝을 맺는 경우가 대부분이었다.

어쨌든 이 같은 생활들 덕분에 그는 에던의 검술들 중에서 몇몇 익숙한 것들을 눈에 담을 수 있었다.

'사신… 삼류….'

전혀 어울리지 않는 단어의 조합에 의문 그리고 의심이 이어진 것이다.

'정말, 사신?'

당연하게도 그 실력을 의심하지는 않았다. 이미 딸아이를 통해 해적섬에서의 보고를 들은 까닭이었다. 하지만 그가 사신이라는 부분에서 한 번쯤 의문을 짚고 넘어갈 수밖에는 없었다.

알려진 이름값이 그만큼 엄청났던 까닭이었다.

'확인하는 수밖에….'

그 즉시 에던의 거처를 찾았다.

"설마, 연공법을 가르치고 있는 건가?"

일단 직격타를 먹였고, 이후 차분히 이야기를 이어나갔다.

"내 아들에게 연공법을 가르치는 것 같던데… 설마, 딸아이에게 우리 일족의 금기를 듣지 못한 건가?"

이 부분에 대해서도 이미 딸아이의 보고를 들었다. 하지만 짐짓 모른다는 태도로 그에게 묻고 반응을 살폈다.

과연, 당황하는 기색이 역력해 보였다. 하지만 그것도 잠시, 표정에 침착함이 깃들기 시작했다.

그리고 이어진 반응이 의외였다.

"들었습니다."

리베이트의 눈가에 이채가 스쳐갔다.

'호오….'

발뺌할거란 예상이 살짝 빗나갔던 까닭이었다. 어떻게 나오나 좀 더 지켜보자는 생각으로, 다시금 찌르고 들어갔다.

"알고 있었다? 그 말이 무슨 의미인지 모르는 건가? 자네가 일족의 죄인이 될 수도 있다는 뜻일세. 그런데도 진정, 알면서도 금기를 범했다는 소린가?"

조금은 성난 음성으로 격하게, 호되게 몰아붙였다.

"그렇습니다."

하지만 오히려 에던의 반응은 담담해질 뿐이었다. 어느새 안색도 제 색을 되찾아가고 있었다.

감정적인 정리가 빠르다는 뜻일수도 있으나, 한편으로는 정신적인 단단함을 갖추고 있단 의미이기도 했다.

'제법….'

연무 그리고 검술을 지켜보며 들었던 실망감이 일부 걷히는 걸 느꼈다.

"그렇다면 자네는 지금 죄를 시인하고 있는 것이겠군."

"아마도 그런 보양입니다."

"무슨 생각인가?"

"튀어야죠."

어느새 에던은 리베이트의 시선을 피하고 있었다. 그도 답해놓고 '앗차!' 싶었던 것이다. 언뜻 침착해 보이지만, 오히려 제정신이 아닌 경우였다.

평생 귀족과의 만남도 드물었건만, 왕실을 찾고 왕족을 만나고 이제는 이 강국 스페렌의 국왕까지 대면하는 상황이었다.

게다가 숨기고자 했던 비밀까지 전부 까발려진 상황이었다. 이미 판은 벌어졌고, 기왕 이렇게 된 것 가는 데까지 가보자는 생각이었다.

"……."

잠시 침묵이 이어졌다. 이번만큼은 정말 예상을 한참이나 웃도는 대답이었던지, 리베이트 역시도 표정 관리를 하지 못한 듯, 벙찐 얼굴로 에던을 바라보고 있었다.

서너 호흡가량 정적이 이어진 뒤에야 겨우 말문이 트였다.

"당당히 그런 소릴 하는 걸 보니, 자신이 있나 보군."

"뭐, 평생을 도망쳐왔으니까요."

이번에도 또 의외의 대답이었을까?

또 다시 침묵이 이어졌다. 이번에는 앞서보다 배는 길었다. 그렇게 얼마나 이어졌을까. 가만히 에던을 응시하던 리베이트가 나직한 음성으로 물었다.

"자네는 사신인가?"

이제와 이 무슨 뜬금없는 질문이란 말인가. 에던이 잠시 의아한 얼굴로 리베이트를 바라보다, 이내 그 눈빛의 진지함에 의미가 있음을 알고는 짧게 답했다.

"아시는 그대로일 겁니다."

그 말에 잠시 고민하던 리베이트가 입을 열었다.

"에트렉, 카라발람, 바티몰…."

기이한 단어들이 연달아 나열되는데, 듣고 있던 에던의 동공에 옅은 흔들림이 일었다. 하나같이 그가 에트라인에게 가르친, 아니 보여준 검술들의 이름인 까닭이었다.

그렇게 대략 십여 개의 이름이 나열되고 그 끝에 리베이트가 재차 물었다.

"자네는 진정 사신인가?"

이번에는 에던의 대답이 약간 달라졌다.

"바라시는 그대로인 겁니다."

다양한 해석이 필요한 답이었다.

'내가 사신이기를 원한다면 사신이고, 아니면 아니다?'

이를 간단히 풀이한 리베이트가 두 눈을 얇게 뜬 채, 에던을 응시했다.

분명, 각성감각의 활성화를 통해 나름 성장을 느끼고, 눈높이가 달라졌다고는 하나, 오랜 세월을 바닥에서 굴러왔던 까닭일까? 에던의 성정이 크게 변한 건 아니었다.

때문에 오래 버티지 못한 채, 결국 리베이트의 시선을 슬그머니 피해버리고 마는데, 그 순간 에던의 시야 밖에서 리베이트의 입 꼬리가 살짝 올라갔다.

'확실히… 재밌는 녀석이야.'

대뜸 도주하겠다는 발언부터가 이미 보통은 아니었다. 젊은 시절을 불살랐던 대륙여정과 용병생활 덕분일까?

그 나름대로 다양한 사람들을 만나볼 수 있었다.

'사신에 싸구려라… 아주 어색한 조합은 아니지.'

최초 그에게서 3급 용병패가 나왔다는 부분에서 정상적 사고로 판단해선 안 된다는 결론을 내렸었다.

과거, 용병계에 발 담고 있던 시절에도 저 같은 특이한 이들이 제법 있던 까닭이다.

'특급에 달하는 실력을 지니고서도, 한 등급 아래에서 생활하는 용병이야, 흔하진 않지만 제법 있기는 했지.'

조금 과하면 두 단계 아래에서 생활하는 이들도 상당했다.

'솔직히 2급 용병만 되도 먹고사는 건 지장이 없으니까.'

대개 적당한 자세와 태도로 업계에 발만 담그는 이들이 그런 위치를 고수하고는 했다.

아무래도 본신의 실력보다 밑 등급에서 머무는 까닭에 위험도 역시 그만큼 낮아졌고, 그 덕분에 용병이라는 삶을 살면서도 의외로 안정적인 생활이 가능한 것이다.

'뭐… 3급은 처음 보는 거지만.'

그가 봐왔던 이들보다 좀 더 밑에 있는 것이라고 여기면 될 터였다.

물론, 3급 용병은 워낙 의뢰비가 짜서 안정적인 생활이 어렵다는 게 문제였다. 사실, 바로 이 부분이 그로 하여금 적잖은 의문과 의심을 낳게 만든 것이기도 했다.

사신이라 불리는 사내가 왜 하필 3급이란 말인가.

'오러 홀이라도 없지 않고서야….'

반쯤 농담으로 떠올린 생각이었다. 하지만 이내 깜짝 놀라서는 두 눈을 부릅떠야만 했다.

자연히 에던을 바라보는 시선이 한층 뜨거워질 수밖에 없었고, 그 열기에 에던은 짐짓 딴청을 부리는 모습으로 그 눈길을 이리저리 외면하고 말았다.

덕분에 리베이트는 한결 편안히 에던을 관찰할 수 있었는데, 그렇게 알게 된 내용이 실로 놀라웠다.

'정말… 없나?'

아직까지는 그저 추측일 뿐이었지만, 분명 에던에게서는 오러의 향이 맡아지질 않았다.

리베이트의 부릅뜬 눈 위로 안광이 번뜩였다.

"…내가 바라는 건 자네의 대답일세."

나직이 중얼거린 그가 에던을 향해 손짓했다.

"따라오게."

그 갑작스런 부름에 의아한 얼굴이 된 에던이 무어라 질문을 던지려고 했으나, 리베이트는 그 말만 남긴 채 그의 거처를 나서고 있었다.

'어째, 느낌이 안 좋은데.'

왠지 불길한 예감이 저 뒤를 쫓지 말라고 외쳐댔지만, 상대가 상대인 만큼 감을 따르기도 어려운 일이었다.

'지금이라도 튈까?'

문득, 국왕의 그림자들이 매서운 눈빛을 던져오는 게 보였다.

'끄응….'

할 수 없다는 듯, 에던도 방문을 열고 나섰고, 그의 예감이 정확했음을 깨닫는 건 그리 오래 걸리지 않았다.

'연무장?'

도착한 공간이 실로 눈에 익었는데, 바로 에트라인과의 수업이 이뤄지는 장소였다.

'이런 곳에….'

왜? 어째서? 여길 찾아온 것일까? 불안감이 증폭되는 가운데, 리베이트가 서슬 퍼런 눈빛으로 그를 노려보며 검을 뽑는 것이 아닌가.

"내가 바라는 건, 말보다는 몸으로 대화를 나눠야만 알수 있을 것 같군."

'반대입니다!'

저 의견에 격렬히 저항하고 싶었으나, 등 뒤에서 밀려드는 기세들이 만만치가 않았다. 그림자들, 국왕의 호위들이 일제히 사납게 이를 드러내고 있는 것이다.

여기서 발을 뺏다가는 저들이 칼을 뺄 것 같았다.

'…미치겠네!'

새삼스레 눈앞의 사내, 국왕 리베이트를 인지하게 되었다. 그가 검을 잡는 순간을 기점으로 마치 세상이 변하기라도 하듯, 눈앞의 사내는 전혀 다른 존재가 되어있던 것이다.

'이 느낌…'

너무도 익숙했다. 그 경험은 많지 않았으나, 워낙 강렬한 인상 때문에 결코 잊을 수 없었던 감각이었다.

[초인!]

루드말과 셰릴 그리고 헤일러에게서나 받을 수 있었던 느낌이 눈앞의 사내, 국왕 리베이트에게서도 전해져 오기 시작했다.

'스페렌의 왕이 초월자라고?'

그 같은 이야기는 들은 적이 없었다.

말인 즉, 대륙을 대표하는 7인의 초인이 아닌, 알려지지 않은 미지의 절대자라는 의미였다.

'끄응… 미치겠네!'

셰릴과 헤일러, 이미 두 명의 알려지지 않은 초월자를 겪었고, 7인의 초인 중 한명인 루드말까지 포함하면 무려 셋이었다.

남들은 평생 가도 한 번을 만나기 어렵다는 초인을 벌써 네 명이나 만나고 있는 것이다.

게다가 그 한명 한명과의 대면이 어찌 이리 살 떨린단 말인가.

"미리 말하지만, 우리 일족의 대화법은 상당히 화끈할 걸세."

에던이 얼굴 가득 그늘이 내려앉았다.

'그래 보입니다.'

새삼스러운 깨달음이 머릿속을 맴돌았다.

'인생 참⋯.'

어려웠다.

'모로 가도 사지라면⋯.'

일단 몰매는 피하는 게 정답이리라.

"미리 말씀드리지만, 제 대화법은 상당히 미지근할 겁니다."

그 말과 함께 에던이 전방으로 터덜터덜 걸어갔다.

하얗게 웃는 리베이트와 하얗게 탈색된 에던!

잠시 후, 상반된 두 사람의 간격이 겹쳐들었다.

❖ ✚ ❖

간격을 먼저 잡은 건 리베이트였다.

수인족의 특성을 제대로 타고난 까닭인지, 리베이트의 체구는 생각 이상으로 거구였고, 검 역시도 그만큼 크고 길었다.

게다가 에던의 느낌대로라면 리베이트는 별의 영역에 오른 절대자였다. 그 같은 상대에게 선수를 잡는다는 건, 결코 쉬운 일이 아니었다.

일단 에던 역시도 검을 뽑아들었으나, 한 눈에 보기에도 흉악하게 느껴지는 검격에 선뜻 검을 마주하기가 두려울 정도였다. 때문에 급히 피해야만 했다.

파파파팡…

그저 지나가는 검격이건만, 대기가 비명성을 내지르며 찢겨나가는 소리가 들려왔다. 피하고 난 이후에도 등골이 오싹해진다고 해야 할까?

에던은 마른침을 꼴깍 삼키며 반격에 들어갔다. 아니, 들어가려 했다.

'젠장!'

하지만 이내 생각을 고쳐먹어야만 했다.

파츠츠츳…

마치 뇌전이 몰아치듯, 리베이트의 검격이 괴상망측한 경로를 탄 채, 허공을 헤집으며 지난 길을 되돌아오고 있던 까닭이었다.

'미친!'

괴력이라는 말로도 부족할 만큼 놀라운 광경이었다.

그로써는 두 손으로 들어야 할 크기의 대검을 한 손으로 든 것도 놀랍건만, 마치 지푸라기라도 되는 양, 가지고 놀 듯 검을 움직이는 건, 그야말로 상식 파괴의 현장을 보는 것만 같았다.

카아앙…

피하기엔 늦어버려 결국 막았고, 그대로 쭈욱 밀려나야만 했다.

'이건… 무슨 오우거도 아니고.'

손목이 욱씬거리며 통증을 호소하며, 검을 쥔 손에 제대로 힘이 들어가질 않았다. 그 괴력은 마치 대형 몬스터와 전투를 치르는 기분이 들 정도였다.

'수인족의 피라는 건가.'

이를 악물며 발을 놀리고 몸을 움직였다.

파파파파파팡…

검 날 뿐만 아니라 면으로도 치고 들어오는 까닭에, 둔탁한 파공성이 연신 허공을 터트리며 대기를 흔들었다.

손목 관절에 무리가 온 까닭에, 일단은 방어태세에 전념하고자 한 덕분일까? 에던은 아슬아슬하니 모든 공격들을 피해낼 수 있었다.

강자와의 대결 덕분인지, 오랜만에 각성감각의 활성화에 더해 보는 법이 제대로 한계치까지 끌어올려지는 경험을 하는 기분이었다.

그나마도 지난 한 해 동안 1급에 발만 걸쳤던 육신을

온전히 끌어올린 덕분에, 이 같은 회피가 가능한 것이었다.

'여기서!'

대뜸 검을 던졌다.

어차피 그는 검 하나에만 의존하는 타입이 아니었다. 손목 반동에 제법 여유가 생긴 틈을 타, 그대로 암기처럼 쏘아낸 것이다.

일순 놀라는 표정을 짓는 리베이트의 모습이 보였으나, 그의 검은 착실히 날아들은 암격을 쳐내고 있었다.

표정과는 다르게 그 행동은 마치 예상을 했다는 듯, 아주 자연스레 받아치며 자세를 잡은 것이다. 파고들 틈이 도통 보이질 않았으나, 에던은 과감히 그의 품으로 뛰어들었다.

각성감각을 통해 리베이트의 검이 사납게 베어 들어오는 게 느껴졌다. 그 순간 에던이 몸이 바닥을 굴렀다. 앞으로 정확히 한 바퀴, 그리고 발바닥이 다시 땅에 닿았을 때, 간격은 그의 것이 되어있었다.

힘차게 몸을 튕겨 일어나며 주먹을 위로 쳐 올렸다.

빠악!

그리고 밀려드는 통증이 뜻밖이었다. 분명 그의 일격이 상대를 쳤다. 그것도 검을 쓰는 오른 팔뚝을 정확히 찍은 것이다. 의도한 건 아니었으나, 리베이트가 자세를 트는 바람에 할 수 없이 팔이라도 잡을 생각으로 방향을 전환한 것이다.

어쨌든 공격흔 한 건 그였고, 방어는 리베이트가 했다.

헌데, 도리어 주먹이 얼얼한 이유는 무엇이란 말인가. 당혹스런 그의 귓전으로 리베이트의 음성이 날아들었다.

"확실히 미지근하군."

그와 동시에 리베이트의 팔꿈치가 그의 쇄골을 찍으려는 듯 떨어져 내렸다.

"흡!"

짧게 숨을 삼킨 에던이 무너지듯 바닥으로 떨어지더니, 그대로 재차 바닥을 구르며 거리를 벌렸다. 겨우 잡아놨던 간격을 다시금 빼앗겨 버렸으나, 당황하여 자세를 바로잡지 못했던 그로써는 어쩔 수 없는 선택이었다.

'…대체, 뭐야?'

두어 걸음 더 물러난 그가 이해할 수 없다는 얼굴로 리베이트를 바라봤다.

'이게… 수인족의 피라고?'

오히려 몬스터의 혈족이라 해도 믿을 것 같았다.

말도 안 되는 괴력에, 저 경악스러울 정도로 단단한 육체는 그야말로 비상식의 결정체나 다를 게 없어보였다.

"표정이 재밌군. 무슨 유령이라도 봤나?"

히쭉 웃으며 그리 물어오는 리베이트의 얼굴 가득 유쾌함이 묻어나오고 있었다. 짧은 격전 속에서 제대로 흥이 오른 듯, 시원한 미소 속으로 뜨거운 불길이 타오르는 게 느껴졌다.

그렇게 에던에게 웃어보이던 리베이트가 한 차례 자신의 팔뚝을 내려다봤다. 정확히 에던의 정권이 찌른 자리를 보고 있었는데, 조금 전 공격은 그로써도 제법 놀랐던 일격이었다.

'설마, 거기서 바닥을 구를 줄이야.'

에던이 검을 던지던 순간 잠시 놀라기는 했지만, 과거 용병 시절의 경험으로 그 정도는 무리 없이 받아낼 수 있었다.

하지만 땅을 굴러 파고드는 건, 인지하는데 조금 시간이 걸려야만 했다. 물론 반응이야 즉각적으로 했다. 잘 단련된 육신이 착실하게 상황에 맞춰 대응을 한 까닭이었다.

그럼에도 잡기 어려웠던 건, 에던이 절묘하게 동선을 휘어서 굴러왔고, 정권 자체도 그냥 찌른 게 아닌 비틀림을 줘서 궤적 자체를 꼬아 들어온 까닭에, 작은 오차가 나며 간격과 반격을 허락하고야 만 것이다.

굴러 들어오던 장면도 놀라웠으나, 그 이후의 보여준 모습들이 더욱 인상적이라 할 수 있었다.

짧은 순간의 접전이었으나,

'이 정도면….'

충분히 사신이라고 믿어도 될 터였다.

별의 영역!

에던의 추측처럼, 그는 실제로 초인의 경지에 올라있었다. 단지 그 사실을 드러내지 않은 까닭에, 외부로 알려지지 않은 것뿐이었다.

말인 즉,

에던은 초월자의 간격을 훔치고 거기에 반격까지 찔러 넣었다는 의미였다.

그가 사신 운트라는 걸 증명할만한 접전이었다.

'하지만….'

아쉬움이 남았다.

반격을 허락하면서 타격을 입었다는 부분이 그의 심장을 더욱 펄떡이게 만들었다.

순간, 무얼 떠올린 것인지, 한껏 입 꼬리를 올린 그가 에던을 향해 물었다.

"루딘이라고 아나?"

동시에 에던의 표정이 굳어졌다.

세상에는 크게 알려지지 않았을지 모르겠으나, 용병이라면, 이 업계에 사는 이들이라면, 누구나 한번쯤은 들어봤을 단어로써, 에던의 경우에는 그 정확한 의미까지 잘 알고 있었다.

'암전의 대적자들….'

또는 업계의 청소부들이라고 불리는 게 바로 '루딘 용병단'이었다.

암전과 자주 마찰을 일으키는 까닭에, 암전의 대적자니 뭐니 하는 소리를 듣고는 하는데, 실제 그들의 청소가 가능할거라 믿는 이들은 없었다.

겨우 30~50명 남짓, 알려진 그들 용병단의 인원이었다.

그에 반해 무려 한 개 왕국과도 비교할 수 있다고 전해지는 게, 바로 암전이라는 세력의 힘이었다.

그 압도적인 힘 차이에도 불구하고 저들 루딘이 멀쩡할 수 있는 이유를 추린다면, 간단했다.

'…강하니까!'

감히 단언컨대, 업계 내에서 그들 용병단과 대적할만한 단체는 손에 꼽을 것이다.

'그 단원 개개인이 전부 특급용병이라는 소문까지 있었지.'

암전의 사냥개와 같다고 보면 될 터였다.

또한 단장과 부단장의 실력은 '고위기사' 수준이라는 말까지 들려오는 까닭에, 그들을 정예 기사단과 같이 보는 이들이 대부분이었다.

비록 그들은 소수일지언정, 그 실력은 최정예였고, 그로 인해 암전에서도 막심한 피해를 예상해야만 했다.

때문에 적당한 마찰 정도에서 머무는 지금, 아직은 좀 더 그들과의 대치를 지켜보는 것일 터였다.

더욱이 그들 루딘 용병단은 한명 한명이 상당한 경험자들이기도 했다.

말인 즉, 개별적인 활동 자체에도 수준급이라는 의미로써, 전체를 한 번에 잡을 수 있는 기회가 아니라면, 선뜻 손을 대기가 어렵다는 뜻이었다.

흩어져서 치고 빠지기로 나오는 순간, 암전의 피해는

실로 막대해질 확률이 높은 까닭이었다.

'게다가… 알려진 것 외에도 단원들이 더 존재한다는 소문도 있으니.'

세상에 크게 알려지지 않은 건, 그들이 활동을 자주 하지는 않는 까닭이었다. 어쩌면 이런 이유 때문에 암전과의 마찰이 더욱 두드러져 보이는 것일지도 몰랐다.

여러모로 미스터리한 집단이 루딘인 까닭에, 암전에서도 선뜻 손을 대지 않고서, 굳이 적당한 거리감을 유지하고 있는 것이다.

"루딘을 자네에게 주지."

"쿨럭!"

헛기침과 함께 벙찐 표정이 된 에던이, 환청을 들었나 싶은 얼굴로 리베이트를 바라봤다.

그 모습이 재밌었던지, 씨익 웃어 보인 리베이트가 재차 입을 열었다.

"딸아이가 자네에게 한 의뢰는 호위라고 들었지. 검술 선생은 그냥 명분이겠지. 하지만 만약 자네가 사신이라는 걸, 제대로 증명한다면, 내 직접 아이의 스승에게 합당한 값을 치르도록 하겠네."

사실, 이미 에던이 사신이라는 건 충분히 증명되었다.

하지만 그럼에도 불구하고 이리 운을 띄우는 건, 오랜만에 달궈진 열기를 식히기 싫은 이유도 있었고, 거기에 더해 에던으로 하여금 제대로 아들을 가르칠 만한 계기를 심어

주고 싶은 마음도 있던 까닭이었다.

'게다가….'

이는 루딘을 위한 선택이기도 했다.

'에던 파인드….'

혹은 에던 운트, 또는 사신, 운트!

사내는 여러모로 흥미로웠다. 특히, 그 중에서도 가장 인상적인 건, 사내의 내부사정이었다.

'정말로 오러홀이 없단 말이지.'

간혹, 선천적으로 괴력을 타고나는 이들이 있었다. 용병계에는 그 같은 타고난 능력만 가지고서, 오러의 존재여부에 상관없이 상급 용병들과 힘겨루기를 하는 경우가 제법 있었다.

제법 깊게 용병 생활을 했던 리베이트도 그런 경우는 여러차례 본 적이 있었다. 그 중 가장 뛰어났던 사내는 오러라는 개념 자체도 모른 채, 1급 용병과 칼부림을 할 정도였다.

에던의 경우에도 그 비슷한 경우라고 여길 수도 있었다. 하지만 그는 이 부분에서 한 번 고개를 저었다.

그들에게는 괴력만큼 남다른 신체조건도 지니고 있던 까닭이었다. 마치 대형 몬스터를 연상시키는 장대한 체구는 괴력에 대해 쉬이 납득하게 만들고는 했다.

간혹, 체구가 왜소하면서도 괴력을 타고난 이들이 있기도 했지만, 이들의 경우 알고 보면 이종족의 피가 섞여든, 조금은 독특한 혈통적인 비밀이 숨겨져 있었다.

에던의 외형은 일단 그 두 가지 경우 중 후자 측에 가깝다고 여길 수도 있었다. 평범한 체구에서 1급 용병에 가까운 몸놀림과 괴력들이 비친 것이다.

허나 잠시간 나눴던 접전에서, 이종족과도 관계가 없을 거란 예감이 들었다. 타고난 괴력을 지닌 이들에게서는 보기 드문 치열함을 엿본 까닭이었다.

선천적인 재능 덕분인지, 그들은 대개 업계에 발을 들이고 빠른 속도로 '공부'를 하게 되고, 오러와 마주하며 다른 세상을 살아가고는 했다.

에던은 그 같은 흐름과 전혀 달라 보였다.

'마치…'

저 밑바닥에서부터 기어 올라온, 하류용병의 향이 짙게 느껴진 것이다. 과거, 용병시절의 경험 덕분에 더더욱 저 같은 공기를 민감히 느낄 수 있었다.

'…표정 하고는.'

여전히 멍청한 얼굴을 하고 있는 에던의 모습에 한 차례 더 실소한 리베이트가 재차 입을 열었다.

"내가 루딘을 주네마네 하니까 이상한 모양인데, 이래봬도 난 그럴 권리가 있다고."

슬슬 정신을 찾고 표정을 찾아가는 에던의 얼굴 위로 슬그머니 노기가 일어났다.

비록 그가 3급 용병으로써 바닥을 구르기만 했다고는 하나, 그 역시 용병이었다.

[루딘 용병단!]

그들은 업계에서도 인정하는 실력자이며, 나름 자랑거리 같은 단체이기도 했다.

소수의 인원으로 암전에 대항할 수 있다는 건, 용병들 특히 밑바닥의 하류들에게는 일종의 동경의 대상과도 같은 의미로 다가드는 까닭이었다.

에던 역시도 그런 마음이 없잖아 있었다. 때문에 루딘을 너무 가볍게 언급하는 리베이트의 모습이 좋게 보일 리가 없었다.

하지만 이어지는 내용이 다시금 정신을 날려버렸다.

"내가 루딘의 단장인데, 주네마네 하는 게 이상한가?"

"……."

잡혀가던 표정이 다시 풀리고, 에던의 동공도 살짝 풀렸다. 때문에 이어지는 뒷이야기는 제대로 귀에 들어오지도 않았다.

"뭐, 워낙 오래 자리를 비워놔서… 아직까지 내 말이 통할지는 모르겠지만 말이야. 허헛!"

다시금 정신을 차렸을 때, 그의 귓전에 들어온 건 아주 간단했다.

"그러니 한 판 제대로 놀아보자고!"

'…으잉?'

어라? 하는 사이에 리베이트가 다가왔고, 아차! 하는 사이에 다시금 전투가 시작되어버렸다.

갑작스럽고 또 놀라운 소식이었다.

"아버님이… 그를?"

부친이자 이곳 스페렌의 국왕인 리베이트가 에던을 찾았다는 소식에 벌떡 자리에서 일어나야만 했다.

그렇잖아도 에던을 주시하는 시선이 많았다. 다행스럽게도 별 것 없는 수업과 그의 행동으로 인해, 제법 그 눈빛이 흐려지고 있었건만, 이 와중에 뜬금없이 국왕이 찾은 것이다.

흐려지던 눈가에 불이 들어오기에 충분한 소식이었다.

'대체, 무슨 생각으로… 아버님?'

프레이트는 아랫입술을 잘근 깨물며 방 안을 서성였다.

이 같은 관심의 발현은 동생 에트라인에게 좋지 않은 작용을 할 확률이 높은 까닭이었다.

잠시 주저하는가 싶던 그녀가 결국 방문을 열고 나섰다.

❖ ✛ ❖

처음 시작점을 가장 낮은 곳으로 잡았다.

이유는 가장 높은 곳에서 지냈던 과거와는 다른 생활을 해보고 싶다는 단순적인 이유도 있었으나, 그곳이야 말로 혹시 모를 감시나 추격의 시선에서부터 자유로울 수 있을 거라 여긴 까닭이 더 컸다.

루딘 용병단!

그 시작도 바로 그곳에서 이뤄졌다.

따르던 그림자들을 데리고 조금은 가벼운 마음으로 그들 나름의 영역을 갖추고자 만든 터전이었다.

가장 낮은 곳에서 이뤄진 의외의 공간이었던 까닭인지, 이리저리 기웃거리는 이들이 제법 있었다.

그러한 이들 중 제법 괜찮다 싶은 이들을 하나 둘 받아들이고, 점차 규모를 늘려갔다.

대개 3급 용병들이 주를 이뤘지만, 실력 부분에서는 나름대로 키워줄 수 있는 능력들이 있었다.

'게다가 제법 괜찮다 싶은 싹수있는 놈들만 받아들였으니.'

그들 스스로도 성장속도가 남달랐다.

'하고자 하는 의지가 특별했지.'

이 같은 성장과 변화 속에서 자연스레 루딘 용병단은 그 덩치를 키워갔고 이름값도 남달라지기 시작했다.

하지만 혹시 모를 추격과 감시를 대비해, 너무 몸집이 거대해지는 건 피하고자, 일정 수준부터는 적절히 통제하면서, 나름 소수 정예라 할 법한 형태를 갖춰갔다.

그 수가 무려 2~300 혹은 500명 정도의 규모를 지닌 대형 용병단에 비한다면, 겨우 50명 남짓인 루딘 용병단은 충분히 소규모나 다름없었다.

하지만 그럼에도 불구하고 점차 그들의 명성은 높아져만

갔다.

중간중간 뛰어난 실력자들이 유입되지 않은 채, 오로지 밑바닥에서 시작된 그 인원들로써 수준을 높이고, 함께 성장하며 정예로 거듭난 까닭이었다.

그런 의미에서 리베이트는 에던이라는 사내가 특별하다고 여겼다.

'…다르지.'

루딘 용병단의 단원들이 비록 바닥에서 올라왔다고는 하나, 그 실상을 알고 보면 하나같이 뛰어난 재능의 소유자들이었다.

터전을 찾아드는 이들을 살핀 뒤, 리베이트와 그림자들이 직접 보고 골라낸 인재들이었다.

주변 환경으로 인해 승급이 막혀야만 했던 이들인 것이다. 발판만 마련된다면 얼마든 쭉쭉 치고 올라갈 수 있는 재능의 소유자들로써, 리베이트와 그림자들은 이를 알아보고는 받아서 가르치며, 그 숨겨졌던 능력들을 키워준 것뿐이었다.

하지만 에던은 달랐다.

'내가 못 본 걸지도 모르겠지만….'

그의 눈에는 어떤 종류의 재능 같은 게 있었는지 파악이 되질 않았다. 그저 검을 나누고 손속을 겨루는 내내, 치열함만이 전해져 왔다.

삶과 죽음!

생사의 경계가 그의 곁에 함께하고 있음을 알았다.

용병계에서도 몇 번 본 적이 없었던, 진짜배기 용병이라는 느낌이 진하게 든 것이다.

그야말로 치열한 전장을 구르고 굴러, 마치 검을 단련하듯 다지고 다져 예리하게 날을 세워낸 이들이 있었다.

삶과 죽음이 교차하는 전장이라는 상점에서, 그들의 목숨을 담보로 재능 비스무리한 걸 몸 안에 때려 박은, 그야말로 불가해한 존재들이었다.

에던은 바로 그 같은 이들을 떠올리게 만들었다. 놀라운 건, 리베이트가 봤던 이들 중에는 상당한 명성을 날리던 이도 몇몇 있었는데, 에던을 겪음으로써 그들의 잔향이 전부 날아가 버렸다는 점이었다.

'진짜배기 중에서도 진짜라는 거겠지.'

때문에 선뜻 결정을 내릴 수 있었다.

"오늘부터 루딘 용병단의 단장은 너다."

넝마가 되어 바닥을 구르고 있는 에던의 귀에, 그 이야기가 제대로 전해졌을지는 미지수였지만, 리베이트는 신경 쓰지 않는다는 듯, 시원한 웃음과 함께 발길을 돌렸다.

'루딘을 위해서라도….'

지금의 선택은 옳다고 여겼다.

특히, 에던이 그가 생각하는 그런 진짜배기 용병이라면, 더더욱 믿을 수 있었다.

그들이 비록 제 입으로는 업계를 비판하고, 짓뭉개고 또는 무시하는 언사를 할지언정, 그 태도만큼은 누구보다도 용병다운 이들이었다.

뿌리 깊숙이 용병의 삶을 사는 것이다. 의뢰로써 그와 계약을 맺었다면, 그는 그만큼의 값을 충분히 치러 줄 것이다.

게다가 루딘의 단장 자리를 에던에게 건넨다는 건, 여러 가지 의미가 있었다. 이는 루딘에게 보내는 일종의 메시지와도 같았다.

저들에게 과거의 그와 같은 위치에 서있는 차세대의 초월자이자 용병왕의 후보를 보내며, 저들이 그간 미뤄왔던 선택을 강요하는 것이다.

'루딘으로 남을지….'

아니면 새로운 선택을 할지, 어느 쪽이건 후회가 없기만을 바랄 뿐이었다.

에트라인에 대한 걱정에 더불어, 루딘에 대한 부분까지, 여러모로 무거워 뻑뻑하던 어깨였건만, 일부나마 풀리는 기분을 느낄 수 있었다.

"간만에 재미 좀 봤다."

흥겹다는 듯 어깨를 휘휘 돌리는 그의 걸음걸음이 전에 없이 가벼웠다.

굳이 에던과 엮인 문제들이 아니더라도, 슬슬 밀려드는 후계다툼으로 인해 자연스레 덮쳐드는 마누라들의 등쌀,

거기에 더해 그간 밀렸던 피로와 짜증들을 치고받으며 시원하니 날려 보내는 시간이었기에, 당연히 그 걸음이 가벼울 수밖에 없었다.

"시간 나면 또 들르마."

그 치가 떨리는 한마디가 과연 넝마가 된 에던에게 전해졌을지는 여전히 미지수일 뿐이었다.

리베이트가 연무장에서 사라지고 얼마나 지났을까. 슬그머니 에던의 고개가 위로 들렸다.

"…갔나?"

마치 확인을 하듯 입구 방향을 유심히 관찰하던 에던이 어떠한 인기척도 느껴지지 않음에, 그제야 안도의 한숨과 함께 자리에서 몸을 일으켰다.

하지만 넝마가 되어버린 외형이 거짓은 아닌 듯, 이내 그대로 주저앉으며 바닥에 다시금 드러누워야만 했다.

"아고… 아고고… 아이고, 죽겠네! 아오~! 빠쳐 죽겠네!"

전체적인 전투의 결과 자체가 여러모로 머리를 뜨겁게 만들었다.

분명, 일방적으로 당한 건 아니었다.

'젠장! 공격을 하면 뭐해.'

때려도 오히려 그의 손이 아프고 발목이 욱신거리니, 쳐도 친 게 아니었다.

도리어 리베이트가 몸으로 그의 손과 발을 역습하는 기분이랄까?

'공격을 한 사람이 오히려 통증을 느낀다니.'

당하면서도 믿기지가 않는 상황인 것이다.

'…수인족 수준이 아니잖아.'

몬스터라고 해도 믿어줄 수 있을 정도로, 진정 말도 안되는 육신이었다.

'때려도 아프고 맞으면 더 아프고….'

그 덕분에 격전 내내 해결책을 고민하느라 골머리까지 아팠다.

"염병!"

욕지거리가 안 나올 수가 없는 것이다.

'루딘의 단장이란 말이지.'

떠오르는 이야기가 있었다.

'그러고 보니 루딘의 활동이 뜸한 이유가 단장이 자릴 비워서라는 소리가 있었는데….'

아무래도 그게 헛소문이 아닌 모양이었다.

말인 즉,

'가끔씩 외부 활동을 하는 건, 진짜가 아니라는 소리겠지.'

뒤이어 떠오르는 건, 루딘 단장과 관련된 옛 소문이었다.

'차세대의 초월자.'

그와 동시에 업계를 떠돌던 이야기가 이었다.

[용병왕의 후보!]

긴 세월동안 나오지 않던 용병왕이 드디어 탄생할지도 모른다는 내용이었는데, 안타깝게도 어느 시점을 기준으로 루딘 용병단의 활동이 뜸해지면서, 점차 사그라졌던 소문이기도 했다.

이곳 스페렌의 왕위 문제로 인해 복귀한 시기가 정확히 그 즈음이리라.

아무래도 그가 용병계에 발을 담그기도 전에 벌어졌던 일인지라, 관련된 정보나 소문을 그리 많이 알지는 못했다.

"내가 루딘의 단장이라…."

리베이트가 떠나갈 당시, 그는 사실 깨어있었다. 괜히 눈을 떴다가는 끝이 안 날지도 모른다는 생각에, 그저 죽은 척 정신을 잃은 척 연기를 한 것이었다.

물론, 마지막에 보여줬던 리베이트의 태도로 봐서는 그의 연기가 제대로 통한 것 같지는 않았지만, 어쨌든 중요한 건 당시 그는 깨어있었고, 리베이트의 이야기를 전부 들었다는 점이었다.

'…왜?'

때문에 의아했다.

'농담 같은 게 아니라. 정말로 단장이라고?'

그 같은 생각과 함께 에던이 품 안을 뒤졌다. 전과 다른 무게감을 느낀 까닭이었다. 격전의 막바지에 리베이트가 권격과 함께 무언가를 집어넣는 걸 느꼈는데, 그걸 지금 확인하려는 것이다.

"으음⋯."

확인과 동시에 신음성이 새나왔다. 작은 메달이 들어있었는데, 거기에 새겨진 문양이 눈에 익었다.

독특하게도 부러진 검, 업계에서는 '반검'이라고 부르는 것으로써, 아는 이들은 다 아는 문양이었다.

'루딘 용병단⋯.'

그들을 상징하는 게 바로 이 반검이었다. 거기에서 또 세 종류로 구분이 되는데, 바로 금과 은 그리고 동의 메달이었다. 각기 단장과 부단장 그리고 평단원을 뜻하는 것이었다.

에던은 자신의 품에서 나온 메달을 연신 확인했다.

'몇 번을 다시 봐도⋯.'

금이었다.

'⋯미치겠네!'

새삼, 리베이트 국왕의 의도가 궁금해졌다. 하지만 안타깝게도 정보도 부족하고 저들의 속사정도 모르는 이상, 당장은 그가 알아낼 수 없는 영역이었다.

복잡해지는 머리를 벅벅 긁던 그가 그대로 눈을 감았다.

'우선은⋯.'

좀 쉬고 싶었다.

깨닫고 나자 급속도로 피로가 몰려왔다.

'아⋯ 입 돌아가는데.'

결국, 추위도 잊은 채, 그대로 수면욕에 취해버렸다.

❖ ✛ ❖

　연무장을 나서던 리베이트는 자신을 기다리고 있는 이가
있음을 알았다.

　"오… 여기까지 어쩐 일이냐."

　최대한 반갑게 환영의 인사를 날리면서 활짝 웃는 걸 잊지
않았다. 그도 그렇게 그림자들에게 막혀 연무장 바깥에서 대
기하고 있던 이가 바로 3공주 프레이트였던 까닭이었다.

　그녀의 표정을 통해, 에던과의 만남이 알려졌고, 그로 인
해 적잖게 화가 났음을 알 수 있었다. 때문에 최대한 미소
로써 분위기를 조절하고자 한 것이다.

　'웃는 얼굴에 침 못 뱉는다고 하니까.'

　대륙을 떠돌던 당시 주워들었던 어딘가의 격언을 떠올리
며 '열심히' 웃었다. 하지만 딸아이는 과연 만만치가 않았
다.

　"왜 찾아왔는지 잘 아실 텐데요."

　그의 노력 따위는 거들떠도 안 보는 태도로, 대뜸 정면으
로 찌르고 들어온 것이다.

　'끄응….'

　왠지 입맛이 쓰다는 걸 느끼면서도, 가까스로 웃음기를
지우지 않은 채, 그대로 입을 열었다.

　"그래도 내 아들의 선생이라는데, 한번쯤 가정 방문 정
도는 해야 하지 않겠냐 싶어서 찾아봤다."

"…보통 선생이 학생 집을 찾아가지 않나요?"

"허어… 편견이다. 학부모가 선생 집을 찾아가지 말라는 법도 없는데, 어찌 그런 식으로만 생각을 한단 말이냐."

프레이트의 눈매가 얇아졌다.

하지만 애써 그 시선을 피하지 않은 채, 리베이트는 난 떳떳하다는 걸 열정적으로 어필했다.

"하아…."

결국, 나직한 한숨과 함께 프레이트가 한발 물러나야만 했다.

언뜻 가벼워 보이는 행동이나 언사들로 인해, 위엄과는 멀어 보이는 부친이었으나, 그는 분명 이 나라의 국왕이었다.

겉보기와 달리 그만한 무게감이 존재했다. 너무 과하게 밀어붙였다가는 도리어 그녀가 역풍을 맞는 상황이 발생할 수도 있었다.

자식들을 아끼는 부친이지만, 단호할 때는 더없이 단호한 국왕이기도 한 것이다.

이 같은 딸아이의 태도에 몰래 안도의 한숨을 내쉰 리베이트가 재차 입을 열었다.

"너무 걱정하지 말거라."

어떠한 의도로 하는 소리일까?

부친을 바라보는 프레이트의 눈매가 다시 얇아졌다. 그 의도를 묻는 듯 응시하는 그 눈빛에, 리베이트의 입이 다시금 열리는데, 이어진 내용이 또 뜬금없었다.

"그러고 보니 너도 슬슬 시집갈 나이인데, 어떠냐? 검술 선생이 제법 괜찮아 보이더라."

실로 두서없는 전개라 할 수 있었으나, 프레이트는 화를 내기보다는 의표를 찔린 표정으로 얼굴을 한껏 경직시키며 숨을 삼켜야만 했다.

저 황당한 내용에 담긴 의미가 여러 생각을 하게 만든 까닭이었다.

'갑자기… 결혼이라고?'

하필 그 대상도 검술선생 에던이었다.

'…왜? 어째서?'

그와의 만남 이후에 이 같은 내용을 언급한다?

'분명… 뭔가가 있는데.'

프레이트의 표정이 미묘하게 변화하는 걸 보며, 그녀의 생각을 읽은 듯 리베이트가 웃으며 이야기를 이었다.

"네가 똑똑하다는 건 나도 잘 안다. 하지만 모든 정답을 알 수 있는 건 아니란다."

"…무슨 뜻인지요?"

"그가 네 생각보다 더 괜찮은 신랑감이라는 소리다. 허헛!"

"……."

"크흐하하핫!"

시원하니 웃음을 터트리며 그렇게 리베이트는 자리를 떠났고, 홀로 남은 프레이트는 잠시간의 갈등 끝에 저 너머 연무장으로 걸음을 옮겨갔다.

그리고,

볼 수 있엇다.

"드르르릉… 컥, 커어어어억… 끄으흠!"

넝마가 된 모습으로 추위에 떨며 코골이를 하는 한심한
사내를….

'…괜찮은 신랑감?'

그녀의 눈빛에는 이미 경멸이 깃들어있었다.

부르르르르…

이를 느끼기라도 한 듯, 에던이 격하게 몸서리를 치다가
이내 몸을 움츠리는 게 보였다.

고개를 절레절레 흔든 그녀가 왔던 길을 되돌아갔고, 그
렇게 홀로 남은 에던은 그 차가운 연무장의 바닥 위에서 입
이 돌아가야만 했다.

6. 금기

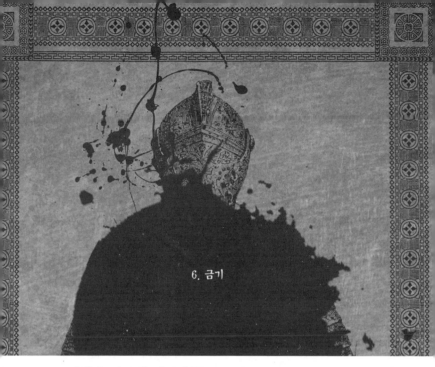

6. 금기

에벨린, 마르센, 라카타루!

세 왕국의 전쟁이 끝났다.

임시 휴전이라고 부르지만, 실질적으로 끝을 맺었다고 해도 틀리지 않았다.

루드말 드라필만!

그로 인해 에벨린 왕국의 내부가 정리된 이상, 마르센과 라카타루도 더는 이득을 챙기기가 어려움을 알기 때문이다. 전력적인 측면에서도 이미 1년여에 걸친 장기전을 통해, 쉽지가 않음을 충분히 실감했을 터였다.

물론, 대외적으로야 비공식 휴전이라지만, 각국의 고위 인사들은 지금 이 상황이 암묵적 종전이나 다를 게 없음을 알고 있었다.

서로간의 종전협상으로 인해, 이를 외부로 표면화시키지 않을 뿐, 적어도 한동안은 전쟁이 발생할 일은 없을 터였다.

만에 하나의 사태를 대비해서라도, 자그마한 마찰까지도 자제하려 드는 태도가 그 증거였다.

'그럼… 슬슬, 움직여도 된다는 뜻이겠지.'

레일라는 그 생각과 함께 차분히 짐을 꾸렸다. 이미 부친에게는 허락을 맡은 상황이었다.

[그놈 꼭 잡아와라!]

오히려 등을 밀어 줄 정도였다.

지금까지는 그에 대한 정확한 정보가 없어, 전쟁에 한 손 거들고 있었던 것이기도 했다.

물론, 여전히 정보는 부족했다.

워낙 많은 가짜 사신들이 판을 치고 있는 까닭에, 오히려 진실성 있는 정보들을 찾기가 어려웠던 것이다.

때문에 전쟁을 거들어 왔었지만, 이젠 전쟁도 끝을 맺었으니 본격적으로 그를 찾아 나서도 될 거라 여겼다.

'마땅히 할 일도 없으니까.'

그나마 운이 좋다고 해야 할까?

웅… 우웅… 웅…

그녀의 주변으로 빛과 어둠의 잔재들이 모여드는가 싶더니 자그마한 요정 둘이 모습을 드러냈다.

에던과의 만남을 통해 탄생되었던 정령들이었다.

전쟁을 도우며 1년여의 시간동안 전장에 머문 덕분인지, 그곳의 넘쳐나는 삶과 죽음의 자향을 먹이삼아 두 정령들이 온전히 깨어난 것이다.

그 뿌리가 에던에게 닿아있던 까닭일까?

'…느낌이 오는 것 같단 말이지.'

정확하게 꼬집어 어디라고 단정 짓기는 어렵지만, 그가 어느 방향에 있는지 정도까지는 알아낼 수 있을 것 같았다.

빛과 어둠의 두 정령이 에던에게로 그녀를 데려다 줄 거란 예감을 할 수 있었다.

'어디에 있건….'

반드시 찾아 줄 생각이었다.

❖ ❖ ❖

루드말은 저 멀리 밖으로 향하는 딸아이의 뒷모습을 바라보며 나직이 혀를 찼다.

[그를 찾으러 가겠어요.]

언젠가는 결국 그 말을 꺼낼 거라 여겨왔다. 오히려 여태 껏 떠나지 않은 게 신기할 정도였다.

그는 딸아이가 이런저런 이유를 들먹이고 있으나, 실상은 가문에 입은 은혜를 조금이라도 갚고자 하는 마음으로 인해, 오랜 시간을 기다려준 것임을 알았다.

때문에 흔쾌히 그녀의 등을 밀어줬다.

[그놈 꼭 잡아와라!]

상황이 어떻든 딸아이가 원한다는 걸 알기에, 반대할 생각 같은 건 없었다.

'기왕이면 말룬 자작도 보냈으면 좋겠지만…'

이제 겨우 작위를 얻은 라논에게, 벌써부터 영지를 비우라고 하는 건 조금 무리가 있었다.

물론, 딸아이를 생각한다면 라논을 함께 보내는 건 옳지 않은 선택일 것이다.

하지만 에던의 본질을 알기에, 딸아이가 혼자 가는 것 보다는 라논이 함께 가는 게 더욱 효과적이라는 것을 알 수 있었다.

'잡을 수 없는 바람 같달까…'

에던은 그야말로 뿌리까지 용병이었다.

'…타고난 떠돌이지.'

그의 과거를 도통 찾을 수 없다는 게, 이 같은 생각이 신빙성을 더해줬다.

때문에 얽매일 수 있는 요소가 많으면 많을수록 좋았다.

'기왕이면 이곳에 잡아두고 싶지만.'

아마 그러기는 어려울 거라 여겼다.

'뭐…조합은 나쁘지 않으려나.'

태고로부터 전해지기를 정령사들 역시도 바람 같은 존재들로 유명했다.

물론, 대부분의 정보가 이야기책 속에서 나오는 것들이지만, 몇몇 정보들과 더해놓고 봤을 때, 아주 신빙성이 없지는 않을 터였다.

어느새 레일라의 모습이 시야 밖으로 사라지고, 그 역시 창가에서 벗어나 다시금 자리로 돌아갔다.

책상을 한가득 채우고 있는 서류들이 보였다.

'끄응….'

비록 서로가 미루고 있다고는 하나, 결국 머잖아 정식으로 휴전을 알리게 될 것이고, 종전협상을 위한 자리를 준비하게 될 터였다.

때문에 루드말은 임시 휴전에 들어간 지금에 와서도 여선히 바쁜 일상을 보내는 중이었다.

그야말로 해일처럼 밀려드는 서류의 해일에 절로 속이 쓰렸다.

'차라리 전쟁이 낫지.'

잠시간의 휴식시간은 그렇게 끝을 맺어야만 했다.

❖ ✛ ❖

세 왕국들의 전쟁에서 결정적인 역할을 한 까닭일까?

그렇잖아도 드라필만을 주시하는 눈은 많았는데, 이번 사건으로 인해서 그들을 향한 관찰의 시선은 한층 많아졌고, 그만큼 집중력도 남다를 수밖에 없었다.

때문에 갑작스런 외출은 그들의 정보망에 딱 걸릴 수밖에 없었다.

"레일라 드라필만이라…."

셰릴에게는 일반적인 의미와는 조금 다른 식으로 낯설지 않은 이름이었다.

'드디어 움직이는 건가.'

그를 찾아 떠나는 길이리라.

'혼자서 나왔단 말이지.'

지금 같은 상황에서 개별행동을 허락한다는 건, 드라필만에서도 그만큼 인정한다는 의미일 터였다.

'하긴…마법에 정령술까지 부리니.'

고위기사라 하더라도 쉽지 않을 게 분명했다.

특히, 거리를 둔 상태에서 접전이 벌어진다면, 승부는 더더욱 어려울 거라 여겨졌다.

"무작정 나온 거려나."

만약, 그게 아니라면?

'그에 대한 정보가 있는 건지.'

알 수가 없었다.

애초에 정령사인 그녀를 감시한다는 것 자체도 쉬운 일이 아니었다. 때문에 우선은 좀 더 지켜보기로 했다.

물론, 적당한 거리를 둬야 하는 까닭에, 정확한 정보 수집은 어렵겠으나, 이동하는 동선만 파악해도 그와 관련된 중요한 정보는 짐작할 수 있었다.

'우선은….'

좀 더 지켜볼 생각이었다.

❀ ✢ ❀

어느새 계절은 봄이었다.

하지만 이건 뭘까?

'눈이라니….'

에던은 창밖으로 흩날리는 눈보라를 보며, 새삼 이곳 대륙의 위치를 깨달아야만 했다.

북해바다를 곁에 둔 북쪽 대륙의 강국 스페렌!

"어우…춥다!"

두껍게 옷을 껴입고 있음에도 불구하고, 오늘따라 유난히 날씨가 추운 것 같았다.

그 때문일까? 저도 모르게 입가로 손이 올라갔다.

'다시 생각해도 오싹하네.'

지난달에 있었던 사건 이후로 생긴 습관이었다.

'설마…입이 돌아갈 줄이야.'

하지만 그 덕분에 새로운 사실을 하나 알아냈으니, 바로 베르말식 연공법의 또 다른 효능이었다.

회복력!

습관처럼 연공을 했고, 몸의 이상증상을 바로잡으려 드는 연공법의 흐름에 도움을 받으면서, 빠른 회복을 할 수 있었다.

물론, 결정적인 치료는 신관의 도움을 받아야만 했지만, 어쨌든 잠시간의 경험을 통해, 새로운 사실을 알았다는 게 중요한 부분이었다.

'대체, 누가 만들었는지….'

오러의 축적량을 제외한다면, 다방면에 걸쳐서 이처럼 만능인 연공법을 또 찾아볼 수 있을까?

물론, 오러 축적량이야 말로 모든 이들이 중요시하는 연공의 중점이라는 게 문제였지만, 어쨌든 에던에게 있어서는 그야말로 이만큼 만족스런 연공법이 또 없었다.

그리고 이번 경험을 통해, 어쩌면 육신의 이 남다른 회복력 역시 베르말식 연공법의 흐름이 몸에 새겨져서 생긴 게 아닐까 하는 추측을 하게 만들어줬다.

한 차례 오러 축적에 대해 생각하니 자연 떠오르는 게 있었다.

라-베르말 연공법!

비슷한 안정성을 지니고 있으면서도, 축적량도 제법 괜찮은 것으로써, 최근 들어서 그의 가장 큰 고민거리 중 하나이기도 했다.

'가르쳐야 하나?'

본의 아닌 관계였으나, 이제는 진심으로 대하게 된 제자 에트라인과 관련된 문제 때문이었다.

베르말식 연공법은 이미 완벽하다 할 정도로 익혔다.

남은 건 스스로 꾸준히 공부해나가는 과정뿐이었다.

하지만 그 뿐만 아니라, 아는 이들은 다 알듯이, 베르말식 연공법은 축적량에 문제가 있었다.

그런 이유로 라–베르말 연공법에 대한 가르침을 고심하고 있는 것이다.

하지만 스페렌의 금기를 떠올리자니, 선뜻 손이 안 가기도 했다. 베르말식과 달리 원형인 라–베르말 연공법은 익히는 순간, 빠르게 오러 축적이 시작될 것이기 때문이었다.

익히자마자 무슨 오러며 축적이겠는가 싶겠지만,

'에트라인의 재능을 생각해 보면….'

충분히 가능한 일이었다.

'베르말식으로 이미 오러를 느끼고 있을 성노니.'

그 극악한 연공법으로 벌써부터 뭔가를 인지하는 낌새가 비쳤다.

지난달, 입이 돌아가던 그 날의 경험이 새삼 떠올랐다. 이곳의 국왕마저 찾아왔던 당시의 기억이, 선택을 주저하게 만든 것이다.

이미 금기를 범한 것이나 다름없지만, 베르말식과 라–베르말 연공법의 차이는 겉으로 드러나는 부분에서 그 차이가 너무 극심했다.

라–베르말 연공법은 '안전하게 오러를 축적' 하는 연공법이라면, 베르말식은 오로지 '안정성' 하나에 집중한 연공법이었다.

'어쩐다…'

스페렌의 혈족으로써 살아야 하는 에트라인에게 어떤 작용을 할지 모르는 까닭에, 여러모로 주저하게 되는 것이다.

'…이달 말이었나?'

신수와의 교감의식을 치르는 날짜가 잡혔다. 말인 즉, 그가 이곳에 머물 시간도 슬슬 끝나간다는 의미였다.

고민이 깊어지고 갈등이 생길 수밖에 없었다.

게다가 더욱 큰 문제는 따로 있었다.

'벌써, 밑천이 떨어질 줄이야.'

그 나름대로 다 헤아리기도 어려울 정도로 방대한 검술 지식을 지니고 있다 여겼건만, 막상 가르치기 시작하니 한 달 남짓의 시간 만에 바닥을 드러내려 하고 있었다.

물론, 제대로 가르친 것이 아닌, 그저 한 번씩 보여주며 그 틀만 비치는 형태인지라 이런 사태가 벌어지는 것이었지만, 어쨌든 중요한 건 슬슬 새로운 진도로 넘어가야 할 때가 다가오고 있다는 점이었다.

시간을 들여 느긋이 가르친다는 것도 나쁘지는 않을 것이다.

하지만 최근, 이상하게 느낌이 좋질 않았다.

3공주 프레이트.

의뢰 이후로 그다지 만날 기회가 없었다. 감시자를 붙이고 난 뒤에는 아예 찾을 생각도 안하는 듯 보였다.

그런데 어쩐 일인지, 최근에는 자주 그를 찾아오는 것이 아닌가.

'안 좋아.'

뒷목이 서늘하다고 해야 힐끼?

특히, 이 같은 사실이 레드문의 정보에 잡히고, 셰릴의 귀에 들어간다면?

'안 좋아!'

상상만으로도 오싹했다.

[뜯어버리겠다!]

그녀의 외침이 환청마냥 귓전을 스쳐갔다. 양 다리를 다 소곳이 오므리는 건 무의식중에 나오는 본능이리라.

'이왕 저지른 거….'

고민이 길면 언제나 판단력이 흐려질 수 있음을 잠시 망각했던 선택이었다.

당연하게도 결과는 폭풍처럼 찾아왔다.

"에던 파인드!"

사나운 일갈과 함께 그의 방문이 거칠게 열리고, 설마 싶었던 그녀가 등장했다.

'프레이트 공주?'

그 성난 표정에서 한 눈에 직감했다.

'…들켰구나!'

감시자를 통해 에트라인의 오러 연공이 알려졌음을 알았다.

라―베르말!

기어이 전수를 해 버린 까닭이었고, 덕분에 점차적으로 아이의 변화가 두드러지고 있었다. 아마도 감시자의 눈에도 들어갔을 터였다.

"대체, 무슨 생각으로… 으득!"

불 같이 차오르는 열기에 흔들리는 듯, 그 말 한마디도 제대로 마무리 짓지 못하는 모습에, 뒷목이 뻐근해졌다.

'망할!'

저지르면서도 한편으로는 일말의 기대감을 지니고 있었다.

국왕 리베이트!

지난달에 이미 그를 통해서 모든 비밀이 들통 나지 않았던가. 나름대로 일말의 커버 정도는 해 줄 거라고 여겼다.

하지만 이게 웬일?

'모르쇠로 일관한단 말이지.'

그러나 또 여기서 의외의 발언이 터져 나왔다.

"아버님께 들었다. 감히… 감히, 네가 금기를 범해!"

"쿨럭!"

침묵은커녕, 오히려 그가 불을 지핀 모양이었다.

"…미친!"

당혹감에 터져 나온 욕지거리가 프레이트의 성질을 제대로 돋궈줬다.

"에던 파인드!"

뒤늦게 아차 싶었지만, 이미 불은 활활 타오르고 있었다.

'아… 지랄 같네.'

봄이건만 왜 이리 춥기만 한 건지, 괜스레 마음이 시렸다.

❖ ✣ ❖

그것은 아침 식사시간에 발생한 일이었다.

국왕 리베이트의 고집으로 인해, 어지간한 일이 아니면 그들 왕가의 사람들은 아침식사 만큼은 한자리에서 하기로 되어 있었다.

무조건적인 사항은 아닌 까닭에, 안 지켜지는 경우도 많았지만, 다음 왕위를 바라보는 혈족들은 최대한 참석하도록 노력하고는 했다.

리베이트는 바로 이 만남의 시간에 사건을 터트렸다.

"허어… 혹시, 검술선생에게 금기를 설명하지 않은 것이냐?"

식사가 한창이던 와중에, 뜬금없이 내던져진 부친의 질책어린 질문이 프레이트의 목 넘김을 방해하며 들어왔다.

이해할 수 없는 상황이었으나, 불길한 느낌에 고민하고 있을 때, 부친이 먼저 그 문제를 해결해 주었다.

"에트라인이 연공을 하고 있더구나."

동시에 식탁위로 무거운 침묵이 내려앉았다.

함께하던 왕비들과 왕자 그리고 공주들의 시선이 일제히 리베이트에게 머물렀다가, 약속이나 한 듯 프레이트에게로 향했다.

순간 다양한 생각들이 그녀의 머릿속으로 스쳐갔다.

'연공법이라고? 에트라인이? 그런 보고는 없었는데? 어떻게? 아버님은 그걸 또… 왜 하필 이런 자리에서?'

이 와중에도 다행스러운 건, 오늘따라 유난히 아침 수련이 길어지면서 에트라인이 자리에 함께하질 않았다는 점이었다.

'아니, 어쩌면…'

부친이 꾸민 걸지도 모른다는 생각이 들었다. 이제와 생각하니 갑작스레 수련이라는 명목으로 식사자리를 비운다는 게 이상했던 것이다.

연공과 금기에 대한 사항을 언급하기에 앞서, 아이에게 쏟아질 어지러운 시선을 고려하여, 의도적으로 자리를 비우게 만들었을지도 몰랐다.

현기증이 밀려왔으나 애써 정신을 붙잡으며 허리를 꼿꼿이 세웠다. 여기서 어떤 대답을 해야 하는 걸까?

어떻게 해도 빠져나갈 길이 없어보였다. 금기를 설명했건 안했건, 에트라인이 연공을 하고 있다면, 어떤 식으로 답하건 최악일 것이다.

때문에 부친을 바라보는 동공에 흔들림이 일었다. 그리고 이 부분에서 또 한 번, 의외의 상황이 이어졌다.

"흠… 식사자리에서 너무 언성을 높이는 건 좋지 않겠지."

리베이트가 그 말과 함께, 식탁위로 쏟아질 왕비들의 과한 발언들을 자제시킨 것이다.

그 순간만큼은 부친이고 남편이 아니라, 한 왕국의 국왕이자 절대자로써 위엄을 드러냈고, 금기에 대한 발언은 누구 하나 입 밖으로 내뱉을 수 없었다.

몇몇 얼굴을 붉히며 마른침을 삼키는 이들이 보였다.

프레이트의 경쟁자들이 한 마디 제대로 쏘아붙이려다 리베이트의 발언에 다급히 이를 거두며 벌어진 현상이었다.

물론, 그 자리에서만 끝났다는 의미였다.

식사가 끝나고 왕실 회의를 비롯하여, 다양한 자리에서 언급되는 건 이제 시간문제일 것이다.

거기에 더해 에트라인과 신수 백호의 교감에 대한 이야기도 다시 조정될 확률이 높았다.

어찌어찌 식사자리는 모면할 수 있었지만, 차후 이어질 추궁들을 생각하면, 그 상상만으로도 머리가 아플 지경이었다.

이후 식사자리가 끝나고, 우선 자리를 피하자는 생각으로 바삐 그곳을 벗어난 뒤, 즉각 에던의 거처로 뛰어온 것이었다.

"분명히 내가 금기사항에 대해서 말해줬던 걸로 기억하는데, 도대체 무슨 생각으로 연공법을 전한 거야?"

그녀의 성난 외침에 에던은 속으로 이 사건의 주동자인 리베이트에게 욕지거리를 퍼부은 뒤, 침착한 음성으로 입을 열었다.

"다 아시지 않습니까."

"안다고?"

무슨 소리를 하는 것일까?

프레이트가 눈살을 찌푸리며 에던을 노려보는데, 에던은 실로 태연한 어투로 이야기를 잇고 있었다.

"제게 붙여놓은 감시자를 통해서 수련 상황은 전부 들으셨을 것 아닙니까."

그제야 말뜻을 이해한 프레이트의 미간에 짙은 주름이 잡혔다. 그 말처럼 감시자를 통해 꾸준한 보고를 받고 있었다.

하지만 거기에는 뜀박질 외에 이렇다 특별한 일과가 적혀있지 않았다.

중간중간 에트라인이 휴식 시간마다 '혼자서' 이런저런 '운동'을 하는 모습을 보인다는 보고도 있었으나, 마땅히 이상할 건 없는 보고였다.

'혼자서…운동?'

순간, 프레이트의 두 눈이 번쩍 뜨였다.

'설마….'

머릿속이 복잡해졌다. 어쩌면 그 운동이 연공법일지도 모른다는 생각이 들었다.

'대체, 어떻게?'

감시자의 보고에는 둘 사이에 연공의 법이 오가는 내용 같은 게 없었다. 그렇다고 감시자가 거짓을 말했을 거라 생각은 들지 않았다. 그녀의 그림자들 중 한명을 붙인 것이기 때문이었다. 배신이란 단어와 가장 먼 이들이었다.

어떤 방식으로 전수가 이뤄졌는지 그 방법을 모르는 까닭에, 더욱 머리가 복잡해지며 말문이 막힐 수밖에 없었다.

하지만 흔들림은 짧았다.

이 정보의 출처가 부친이라는 걸 떠올린 까닭이었다. 대외적으로 크게 알려지지 않았을 뿐, 실질적인 스페렌 왕국 최강자의 발언이었다.

의심보다 신뢰가 앞서는 것이다.

"그래. 알기 때문에 묻는 거다. 도대체 무슨 생각으로 그 아이에게 금기를 가르친 거야? 아니, 애초에 어떻게 연공 법을 전한 건지나 좀 알자."

이 같은 프레이트의 확고한 태도에 에던 역시도 더는 얼버무리기가 어려움을 깨닫고는 선뜻 답을 내어줬다.

"공주저하. 아시다시피 저는 아무것도 한 게 없습니다."

다시금 발뺌하려 든다고 여긴 프레이트가 버럭 성을 내려는 찰나였다.

"왕자님 스스로 한 것이지요."

이건 또 무슨 소리일까? 의문을 내비치는 프레이트를 향해 에던이 차분한 음성으로 이야기를 이었다.

179

"믿으실지 모르겠지만, 왕자님은 제 연공법을 한 번 보고 그대로 따라하셨습니다."

그리고는 대뜸 목청을 높였다.

"오히려 피해자는 저입니다. 제 연공법을 허락도 없이 받아 가셨으니까요."

이 뜬금없는 이야기와 외침에 일순 당황한 듯, 프레이트가 한 걸음 물러났다.

"검술선생 자리를 주긴 했지만, 애초부터 의뢰하셨던 호위 임무와는 전혀 상관도 없는 임무였던 것 같은데, 이렇게 제 공부를 받아가시다니요. 이게 대체 어떻게 된 일입니까!"

기회는 이때라는 듯, 연신 언성을 높여가는 에던의 모습에 당혹함이 거듭 더해지며 프레이트의 얼굴 위로 식은땀이 흘러내렸다.

그녀답지 않게 왜 이리 밀리는 걸까?

이유는 몇 가지 들 수 있었으나, 그 중에서도 굳이 하나를 꼽자면, 최근 들어 이어져온 그와의 관계 때문일 것이다.

'내가 어쩌다 이런 놈을⋯.'

부친 리베이트의 갑작스런 '결혼' 발언을 시작으로, 눈앞의 사내에게 뜻 모를 감정이 피어나고, 그게 점점 구체화되고 있음을 알았다.

그와의 잦은 만남이 감정개발의 과정에 끼어있음은 두말할 필요도 없었다.

부친이 그에게서 과연 무얼 본 것인지, 그녀 역시도 확인하고자 수시로 찾은 게, 감정의 씨앗이 되고 발아하여 깨어난 깃이다.

지금에 와선 거기에 의미를 부여할 수 있게 되었는데, 바로 이 같은 감정적 여파가 작금의 상황을 더욱 어지럽게 만드는 걸지도 몰랐다.

아랫입술을 잘근 깨무는 그녀의 모습에, 우위를 잡았다는 걸 깨달은 에던이 즉각 이야기를 이어나갔다.

"게다가 국왕 전하께서도 이에 대해서는 더 이상 묻지 않으시기로 하셨습니다. 헌데, 이를 공주저하께서 직접 문제 삼으신다니요."

물론, 그 같은 이야기를 한 적은 없었다.

금기에 대한 이야기를 하다 '사신'에 대한 내용으로 넘어가며, 흐지부지 마무리가 되었던 걸, 에던이 멋대로 해석해서 내어놓은 것뿐이었다.

'굳이 문제 삼지 않았으니까. 넘어가기로 한 거나 다름없잖아!'

나름의 주장으로 스스로를 속여 가며 그렇게 철저히 프레이트에게 강건한 모습을 내보였다.

실제 그의 예상처럼 리베이트는 이 부분에 대해 언급을 자제하면서, 암묵적으로 상황을 넘긴 것이 맞았다.

이미 에트라인은 연공의 법을 스스로 깨우쳐 오러의 축복을 받아버린 상황이었다. 어차피 막기에는 늦어버린 이상

여차하면 신수와의 교감을 포기하려는 계획을 준비 중이기
도 했다.

때문에 '사신'의 가르침이 더 중요하다 여기며, 금기라
는 항목에서 벗어나 에던이라는 사내 자체에 집중한 것이
다.

'설마… 국왕에게 따지러 가진 않겠지.'

에던이 불확실한 추측성 거짓발언에 속앓이를 하건 말
건, 진실을 모르는 프레이트는 그 속임수에 제대로 넘어간
듯, 이미 그 기세가 꺾인 얼굴로 입술을 짓씹고 있을 뿐이
었다.

실제로 에던의 말과 비슷한 느낌을 받은 까닭이었다.

'확실히….'

식사자리에서 왕비들의 발언을 강제했던 모습이 떠오른
것이다.

'…그런 걸까?'

만약 그 말이 틀리지 않다면, 동생에게 향할 피해가 최소
화 될 수도 있었다.

그럼에도 불구하고 에트라인은 분명 질책을 받게 될 터
였다. 이를 떠올리니 잠잠해지던 분노가 다시금 일어나려
했다.

하지만 애써 화를 삼켰다.

'에던 파인드!'

가벼운 언급이었을지도 모른다.

[그러고 보니 너도 슬슬 시집갈 나이인데, 어떠냐? 검술 선생이 제법 괜찮아 보이더라.]

하지만 분명한 건, 그 발언을 한 존재가 부친이며 동시에 이 나라의 국왕이라는 점이었다.

감정적인 의미가 없던 당시에도, 조금쯤은 '신랑후보'로써 그를 찾아왔었다. 지금은 거기에 의미까지 더해졌다.

배신감이라는 새로운 단어 하나가 추가되려는 순간이었지만, 아직까지는 기존의 의미가 우선하는 시점이었다.

"만약! 내 동생에게 문제가 생긴다면, 절대로…당신을 용서하지 않을 거야!"

새롭게 피어난 감정이 핑크빛이 될지 핏빛으로 변할지, 그 선택의 갈림길이 불현 듯 코앞으로 다가오고 있었다.

에던은 여자가 한을 품으면 한 여름에도 서리가 떨어진다는 식의 격언을 떠올리며, 조용히 마른침을 삼켜야만 했다.

❖ ✛ ❖

8왕자 에트라인과 신수 백호의 교감의식 일정이 잡히고 나자, 왕실의 분위기가 한층 소란스러워 진 것을 알았다.

물론, 겉으로는 전과 다를 게 없었으나, 은연중에 흐르는 공기가 바뀐 것이다.

때문에 리베이트는 나름의 수를 썼다.

[금기!]

에트라인의 연공에 대한 사실을 알린 것이다. 스페렌에게 있어서 수인족의 핏줄은 중요했다. 하지만 금기를 범했다는 건 이 부분을 크게 흔들어 놓기에 충분한 요소였다.

수인족의 피에 먹혀 짐승이 되느냐, 아니면 혈족에서 멀어지느냐.

극단적인 두 가지 선택지를 강요하는 것이다.

'…혈족에서 멀어져야겠지.'

이미 리베이트는 그 선택지의 방향을 잡아놓고 있었다. 하지만 '기회'는 제공하고 싶었다. 어쨌든 수인족의 후예로써 그 피를 타고난 게 그들 일족이지 않던가.

교감과 각인의 의식으로 열릴 또 하나의 기회자체를 빼앗고 싶진 않았다. 때문에 교감의식이 방해받는 걸 막고자 한 것이다.

그런 이유로 연공사실을 알리고, 왕비들을 고민하게 만들며 그녀들의 행동을 제어했다.

물론, 그녀들이 왕실 내에서 왕의 혈족을 직접 건드리는 최악의 행동을 취할 거라고는 생각지 않았다. 하지만 신수 백호를 건드릴 수는 있다고 여겼다.

이미 한 차례 그 전적이 있지 않던가.

'프레이트에겐 미안하지만…'

특단의 조치를 취할 수밖에 없었다. 이로 인해서 에트라인은 왕위에서 한 걸음 더 멀어질 것이고, 덕분에 왕비들을

비롯한 8왕자의 반대세력들은 한 걸음 물러날 여유를 얻게
될 터였다.

오히려 신수와의 교감의식을 지원하는 이들마저 생길지
도 몰랐다. 금기의 위협으로 인한 실패 확률이 그만큼이나
높은 까닭이었다.

물론, 혹시라도 발생할지 모르는 최악의 사태에 대해서
는 리베이트가 직접 나서서 해결할 생각이었다.

여기서 중요한 건, 그간 프레이트가 들인 노력들을 물거
품으로 만드는 것 같은 발언 한방으로, 일시적이나마 왕실
에 평화가 찾아들었다는 부분이었다.

딸아이에게는 미안한 일이지만, 그 역시 실패할 확률을
높게 보고 있었다. 아마 왕위 역시도 어려울 거라 여겼다.

'어쩔 수 없는 일이지….'

만약, 에트라인이 연공의 법을 얻지 못했더라면?

'그 재능이 조금만 더 부족했더라면….'

지금과는 상황이 달라졌을지도 몰랐다. 하지만 이미 그
는 아이의 능력을 봐버렸고, 아이는 일찌감치 오러의 축복
을 받아버렸다.

'어쩔 수 없는 일이야….'

그로써는 그저 최악을 대비할 뿐이었다.

'일정을 좀 더 당겨야겠어.'

에트라인의 내부에 오러가 무럭무럭 자라는 걸 알고 있었
다. 그 힘이 더욱 커지기전에 교감의식을 치를 생각이었다.

왕비를 비롯하여 반대의견을 내어놓던 이들이 침묵을 지켜준다면, 일정조정도 충분히 가능할 터였다.

금기 발언이 비록 프레이트에게는 최악이었을지 모르겠으나, 여러모로 그에게는 최선이었고 에트라인에게도 차선은 된다고 믿었다.

아니나 다를까.

예상대로 일정이 당겨지면서, 달 말로 예정되어있던 교감의식이 중순으로 옮겨졌고, 순식간에 의식의 날이 밝았다.

❖ ✛ ❖

왕실의 교감의식은 일종의 축제와도 같았다. 그 성공여부에 상관없이 이 날 하루만큼은 왕국의 모든 사람들이 즐기고 마시며 건배하는 것이다.

성공하면 기쁨에, 실패하면 슬픔에, 그런 식으로 오래토록 전통을 이어 내려왔다.

때문에 에트라인의 교감의식으로 인해 왕실의 공기가 과할 정도로 무거워진 것과 상반되게, 왕실 외부의 분위기는 더없이 뜨겁고 열정적으로 타오르고 있었다.

리베이트는 왕실의 가장 높은 곳에서 그 광경을 가만히 바라봤다.

그야말로 좋은 풍경이었다.

'루딘…'

저 광경을 보고 있노라면 항시 떠오르는 단어였다. 그의 과거이자 청춘 그리고 어쩌면 미래이길 바라던 꿈이 지 바깥에 있었다.

아들의 실패로 결론을 내리고 있던 까닭일까? 오늘따라 유난히 더 바깥으로 시선이 향했다.

이번 결과를 통해서 그는 이루지 못했던, 저 외부세상의 삶이 에트라인의 앞으로 펼쳐지게 될 확률이 높았다.

오래 전,

치열했던, 혹은 지저분했던 스페렌의 왕권다툼으로 인해, 결국 고향으로 돌아와야만 했고, 철권을 휘두르며 권좌를 차지했던 옛 기억이 새록새록 떠올랐다.

어쩌면 잔혹하다 할 법한 그 과거가 있기 때문에, 언뜻 가벼워 보이는 그의 언행과 태도에도 불구하고, 왕실의 그 누구도 감히 그에게 날을 세우지 못하는 것일지도 몰랐다.

바깥 풍경에 잠시 취해있던 그가 왕실 내부로 시선을 돌리며, 차분히 현 상황을 되새겨봤다.

[금기!]

연공법을 어느 시점에서 익히느냐에 따라 죄가 되기도 하고 축복이 되기도 하는 웃기지도 않는 전통을 떠올렸다.

'금기이면서 금기가 아닌…'

교감의식 이전에 연공을 익힌다고 해서, 아이의 생명에 지장이 있는 건 아니었다.

단지, 수인족의 피냐 아니냐의 극단적 선택지를 요구하는 까닭에, 그들 일족과 생길 거리감을 고려하여 금기로써 지정된 것이다.

　하지만 우스운 건, 왕실 자체적으로 이 같은 금기를 범하는 일들이 잦다는 점이었다.

　이성적인 부분에서 일말의 문제가 있겠지만, 뛰어난 전사를 키운다는 목적으로 일찌감치 연공을 시켜, 수인족의 피를 과하게 일깨우는 이들이 적잖게 있었다.

　물론, 그들의 교감대상이 영수나 신수 같은 특별한 경우가 아니긴 했지만, 어쨌든 중요한 건 분명 금기라고 여기면서도 중요치 않게 생각하는 금기들이 제법 있다는 점이었다.

　'…웃기지도 않는 전통들이지.'

　수인족의 후예라는 자부심에 취해, 이런저런 잘못 쌓아 올린 역사와 전통들이 너무 많았다. 은연중에 외부의 공부들을 배척하는 흐름이 만들어진 것도 그런 이유였다.

　에던이 왕자의 검술선생이 되었다는 소리에 말이 많았던 것도 그런 흐름 중 하나가 아니던가.

　다른 왕비나 아이들이 들으면 냉정하다고 생각할지도 모르겠지만, 이미 후계자로 낙점지은 아이는 따로 있었다.

　때문에 그에게도 에트라인의 존재는 변수일 수밖에 없었다.

　그 나름대로 구상해놓은 후계구도를 크게 흔들어놓은 게

바로 막내아들인 까닭이었다.

특별한 의미를 내비치지 않는다고 해도, 1왕비의 아이라는 것만으로도 에트라인은 후계구도 속에서 상당한 위치를 얻게 되는 것이다.

"테일라…."

나직하니 1왕비의 이름 입에 올려봤다.

"하아…."

이제는 볼 수 없기에 더욱 아련한 이름이었다.

"…당신이 그립소!"

물론, 그녀가 이 세상에 없단 의미는 아니었다.

"끄응…."

2년여 전, 격렬한 부부싸움을 끝으로 고향으로 돌아가 버린 것이다. 화딱지가 나는 건, 이 왕실에서 그녀에게만큼은 그의 권위가 먹히지 않는다는 점이었다.

더 사랑하는 쪽이 약자라는 기준점, 리베이트도 거기에서 벗어나질 못한 것이다. 오히려 절대적일 정도였다.

그리고 이런 그의 태도가 더욱더 1왕비의 아이들에게 특별한 권한과 힘을 실어주는 것이기도 했다.

알면서도 태도를 바꾸기 어려운 건, 여전히 그가 약자이기 때문이리라.

'미치겠군! 이번 사건을 알면….'

에트라인의 상황을 전해 듣게 된다면, 이젠 찾아가도 만나주지 않을 확률이 높았다.

한 나라의 국왕이 너무 약한 모습이라 여기겠지만, 오로지 그녀이기에 가능한 일이고, 그녀이기에 허락하는 상황이기도 했다.

게다가 큰 틀로써는 '스페렌'이라는 이름에 모여 있으나, 작은 부분으로 나눈다면 그들은 각각의 소수의 부족 혹은 세력들로 쪼개져있었다.

수인족이라며 한 단어로 통합하지만, 그 안에는 다양한 동물과 짐승들이 포함되어 있는 것과 같은 의미였다.

왕이라고는 하나, 절대적이기 어려운 부분들도 있는 것이다.

"으음…."

여러모로 복잡한 그 위치 때문에 왕위 다툼을 한 걸음 물러나서 지켜보기만 한 것이기도 했다.

그리고 이 같은 어지러운 상황들로 인해, 젊은 시절이 더더욱 그리운 것일지도 몰랐다.

'어쩔 수 없지.'

지금의 흐름은 그로써도 나름 최선의 선택이었다.

'교감의식이 끝나고 나면….'

자연스레 에트라인의 위치가 밀려날 것이고, 그렇게 분위기가 전환되면 찬찬히 후계자로 여기는 아이가 제 능력을 드러내게 될 터였다.

이 부분에서 일말의 아쉬움이 남기는 했다.

'에트라인의 재능을 일찌감치 알아봤더라면….'

후계자로 여기는 아이도 뛰어나긴 했으나, 에트라인은 그 수준을 훌쩍 넘는다고 여겼다.

그리니 스페렌의 정점이기 위해서는 수인측의 피기 중심에 있어야만 했다. 안타깝게도 에트라인은 거기에 이르지는 못할 터였다.

차후 기회를 봐서, 영수급에 가까운 동물과의 교감을 준비해서 한 가닥 연결고리 정도는 남겨놓을 생각이었다.

오러와 나이로 인해 이번 교감이 실패한다면, 영수급도 어려움이 있을 것이기에, 최대한 그 급수를 낮출 수밖에 없는 것이다.

'…그 아이도 충분히 스페렌을 잘 이끌 테니.'

그리 생각하며 에트라인을 향한 일밀의 아쉬움은 훌훌 털어버렸다.

"전하! 시간이 되었습니다."

교감의식을 위한 준비가 끝난 모양이었다. 한 아이의 부친이 아닌 한 나라의 국왕으로써, 그가 자리해야 할 때였다.

❖ ❖ ❖

운이 좋다고 해야 할까?

'암살자 같은 건 없었으니까.'

운이 나쁘다고 해야 할까?

'쓸데없는 마찰이 있었으니….'

초인으로 여겨지는 존재와 만나 겨뤘다.

굳이 그게 아니더라도 상대가 이곳 스페렌의 '국왕'이라는 부분에서, 이미 상정범위 바깥의 과할 정도의 마찰이었다.

에던은 자신이 처한 상황에 대한 정의를 내리기가 어렵다는 생각을 하며 고개를 절레절레 흔들었다.

그러다가 느껴지는 시선에 고개를 돌려보니, 주변의 기사들이 일제히 그를 주시하고 있는 것이 아닌가.

하나같이 교감의식을 호위하기 위한 왕실의 호위들이었는데, 에던은 에트라인의 스승이라는 명목으로 그 사이에서 살짝 끼어있는 중이었다.

낯선 사내이기에 시선이 모인 것일지도 모르지만, 그 실상은 최근 왕실에서 자주 언급되는 존재이기에 눈길이 쏠리는 것이었다.

여러모로 민망한 상황이었지만, 이 자리를 피할 수도 없었다.

[검술선생이라는 직위라면, 참관까지는 어렵더라도 최소한 외부대기 정도는 허락될 거야.]

이 같은 말과 함께 프레이트가 만든 자리였던 까닭이었다. 별도로 그를 8왕자의 호위로 소개해서, 왕족들의 시선을 잡아끄는 걸 피하기 위함이기도 했다.

[철저히 검술선생의 지위를 유지하도록 해!]

그렇잖아도 에던에 대해 말이 많은 왕실의 분위기를 알기에 취한 조치였다.

여차할 땐 안으로 뛰어들 수 없기에 위험할 수도 있다는 생각 같은 건 하지 않았다.

리베이트 가헨 루-스페렌!

무려 초월자인 국왕이 직접 참관하고 있건만, 걱정할 이유가 무엇이란 말인가.

외부의 위험만 지켜도 충분히 그는 제 할 일을 다 했다고 할 수 있었다. 그나마도 주변에 배치되어 있는 기사들의 기세를 확인하니, 할 일도 별로 없을 거라 여겨졌다.

게다가 국왕의 금기발언 이후, 에트라인을 향한 왕실의 전체적인 분위기가 상당부분 풀려 있는 상황이기도 했기에, 더더욱 외부적인 위험이 적을 거란 판단을 내릴 수 있었다.

'얼마 안 남았나….'

의식이 끝나고 나면, 자연스레 이곳에서의 생활도 마무리 지을 때가 올 것이다.

그가 따로 정보를 얻은 건 아니었으나, 돌아가는 분위기나 간혹 훔쳐 듣는 간단한 이야기들을 종합해 보자면, 의식은 실패로 돌아갈 확률이 높아 보였다.

만약, 결과가 그렇게 나온다면, 더더욱 에던이 할 일은 줄어들 것이고, 떠날 시기도 한층 빨라질 터였다.

그 나름대로 에트라인에게 정을 준 까닭일까?

이 같은 이야기가 들려올 때면 저도 모르게 일말의 죄책감이 드는 건 어쩔 수가 없었다.

생각해보면 그로 인해서 벌어진 일이지 않던가.

'뭐… 어쩔 수 없지.'

물론, 그렇다고 해서 책임을 지겠단 소리는 아니었다.

'…제 녀석이 알아서 배워가는 걸 어쩌라고?'

어깨를 으쓱이는 그의 시선이 저 앞으로 세워져 있는 거대한 철문으로 향했다.

'그만한 재능이라면….'

굳이 이곳 스페렌의 왕실이 아니더라도, 충분히 제 몫을 할 수 있을 거라 여겼다. 그리고 또 믿었다.

오히려 한 자리에 강제되는 건, 그 재능의 낭비라고까지 생각했다.

'세상으로 나가는 게 차라리….'

그리고 이 즈음에서 에던은 처음으로 한 단어를 진지하게 떠올리게 된다.

[루딘!]

그동안은 애써 외면하고 있었지만, 은연중에 그의 가슴에 남아 맴돌던 단어였다. 이 순간 그는 어째서인지, 진지하게 머릿속으로 되뇌었고, 깊이 새겼다.

무의식중에 가슴어림을 뒤적였다.

그 안에 들어있는 메달이 손에 잡혔다. 루딘의 단장을 상징하는 메달이었다.

'루딘….'

그리고 에트라인!

왠지, 지금 이 순간 선명한 그림 하나가 머릿속에 그려지는 이유가 뭘까?

'…설마?'

문득, 리베이트의 얼굴이 한편으로 떠올랐다.

'설마…!'

에던의 두 눈이 얇아졌다.

❖ ✛ ❖

교감의식이 시작되었다.

대륙으로 치자면 마법사와 같은 위치에 있으면서, 신관이기도 한 독특한 지위를 지니고 있는 일족의 주술사들이 한 목소리로 괴이상한 발음의 주문들을 읊조렸다.

언뜻 짐승들의 울음소리 같기도 한 특이한 발성과 발음 그리고 울림이었다.

의식이 치러지는 공간 자체는 그리 크지 않았기에, 그 소리는 선명히 참관자들의 귓전을 파고들었다.

중앙에서 잠들 듯 누워있는 신수 백호와 에트라인의 규칙적인 숨소리가, 그 주문에 맞춰 자연스레 느려지고 빨라지며 때론 늘어지고 흐트러지는 등, 기이한 박자를 타기 시작했다.

'드디어….'

지켜보던 모든 이들이 숨을 삼켰다.

의식이 정점에 달하는 순간이었던 까닭이었다. 주문과 동화되고, 그 안에서 백호와 에트라인은 서로의 호흡을 일치시키며, 그 핏속 깊숙한 부분에서부터 교감을 시작할 터였다.

[만약, 교감이 성공적으로 이뤄진다면?]

신체의 일부분이 변화를 일으킬 터였다.

머리카락의 색이 변한다거나, 동공의 형태가 달라지기도 하며, 때론 신체적인 성장도 급작스럽게 일어나는 경우도 있었다. 풍기는 향이 변하기도 했다.

[그럼 반대로 실패한다면?]

신체의 변화가 한층 극심해지는데, 전신 가득 털이 나기도 하고, 이빨이 날카롭게 변한다거나, 언어를 잃어버리는 현상들이 있었다.

사람에서 멀어지고, 짐승에 가까워지는 것이다.

혹여, 외형적 변화가 적다고 할지라도 단번에 파악할 수 있었다.

이곳에 자리한 이들 모두가 영수를 통해 수인족의 피를 깨운 이들이었다. 이제 막 깨어난 짐승의 냄새 정도는 단번에 파악할 수 있었다.

'어떤 결과가 나올지….'

오래지 않아 기다렸던 결과가 그들 앞에 나타났다.

"허…."

"이럴… 수도 있나?"

그리고,

지켜보던 이들 모두가 일제히 탄식을 터트렸다.

"변화가…."

"…없다고?"

그건, 일족의 역사 속에서도 발생한 적 없는, 그야말로 괴현상이었다.

의식을 시작하기 전과 전혀 달라진 게 없었다. 외형뿐만 아니라 냄새까지도 그대로였다.

혹여, 아직도 진행 중인가 확인하고자 주술사들에게 시선을 보내봤으나, 그들 역시도 이해하기 어려운 현상에 당혹감을 드러낸 채, 다시금 주문을 읊조리고 있었다.

'이게, 대체….'

하지만 여전히 아무런 변화도 드러나지 않았고, 전에 없던 장시간의 의식 끝에, 대상자인 에트라인이 하품과 함께 자리에서 일어나면서, 결국 강제적 마무리에 들어가야만 했다.

"허헛…."

예상치도 못한 상황에 국왕 리베이트의 헛웃음이 터져나왔고, 참관인들은 하나같이 복잡한 얼굴이 되어 에트라인과 신수 백호를 번갈아봐야만 했다.

과연, 의식은 실패한 걸까?

혹여, 성공한 것은 아닐까?

참관인들도 확인할 수 없는 결과에, 강제적 종료!

그야말로 사건이었다.

❖ ✛ ❖

뜻밖의 상황을 맞이하면서 교감의식이 끝을 맺어버렸다. 다시 시작하기 위해서는 준비해야 할 물품들이 워낙 많은 까닭에, 당장은 의식을 행하기가 어려웠다.

아이가 깨어나는 순간, 그 모든 물품들은 수명을 다하기 때문에, 주술사들도 그 이전에 최선을 다해 결과를 내려 노력했던 것이지만, 안타깝게도 그들의 노력은 물거품이 되어버렸고, 교감의식은 잠정적 보류상태로 결말이 난 상태였다.

"…보류?"

그리고 에던은 이 당혹스러운 소식에 벙찐 표정이 되어야만 했다.

말인 즉,

'잠정적… 의뢰연장?'

이 같은 말과 같은 까닭이었다.

"말도 안 돼!"

경악하며 절규해봤자 결론은 변함없었다.

봤다. 아니 느꼈다.

아이는 연공을 하고 있었다.

'그건 분명히….'

연공으로 인해 발생하는 흐름이었다.

주술사들의 주문에 맞춰, 독특한 박자를 타던 아이의 호흡이 어느 순간을 기점으로 변화하는가 싶더니, 돌연 주변의 흐름까지 변화하는 걸 느꼈다.

워낙 미세한 변화였기에 인지하기 어려웠지만, 그는 이를 정확히 잡아냈다.

초월자!

그 절대적 영역에 올랐기에 가능한 일이었다.

리베이트는 당시의 그 아찔한 감각을 떠올리며, 재차 몸을 떨었다.

'만약….'

일이 잘못 되었더라면?

'…테일라!'

그녀, 1왕비와의 관계도 크게 어긋나버렸을지도 몰랐다. 때문에 그 변화와 동시에 달려 나가려 했었다.

하지만 꾸욱 눌러 참았다.

그 순간 백호의 변화를 본 까닭이었다.

'분명히… 연공이었지.'

리베이트는 새삼 그 순간을 상기하며 전율했다. 백호가 아이의 호흡에 맞춰 같은 흐름을 일으키는 걸 느낀 것이다.

그리고 아마 이 부분에서, 몇몇 감각이 뛰어난 참관인들도 기이한 낌새를 눈치 챘을 터였다.

나름 연공을 익혀왔던 아이와 달리, 이제 막 걸음마를 뗀 듯, 백호 주변의 흐름들은 불규칙했고 거기다 안정되지도 못한 까닭이었다.

물론, 그럼에도 불구하고 워낙 미세한 변화인지라 눈치 챈 이들은 그야말로 극히 소수였을 터였다.

하지만 과연 신수라는 것일까?

그나마도 백호가 빠른 속도로 적응을 해 가면서, 의식의 끝 무렵에는 불안정하던 흐름마저도 점차 안정화되어 있었다.

아마도 그 즈음에 아이와 백호의 흐름이 정확히 일치되었던 걸로 보였다.

'그리고… 에트라인이 깨어났었지.'

갑작스런 기상에는 다 그만한 이유가 있던 것이다.

[성공? 실패?]

그 부분에 대해 말들이 많았다. 리베이트 역시도 그 부분에 대해서는 의문을 느끼고 있었다.

아이와 백호 사이에 벌어지던 기현상을 보긴 했으나, 어떠한 외형적 변화도 내비치지 않는 아이의 모습에서, 선뜻 무어라 결론을 내리기가 어려웠다.

물론, 성공이기를 바라는 마음이 더 큰 것은 사실이었다. 그 기이한 현상을 목격했기 때문이기도 하며, 이쨌든 아이의 부친이기도 한 까닭이었다.

차라리 실패하는 게 나을지도 모른다 생각하던 국왕으로써의 그와는 상반된 마음이었으니, 그야말로 모순되다 할 수 있었다.

어찌 되었던 이 불확실한 결과로 인해, 또 한 차례 왕실이 시끄러워질 거란 예감이 들었다.

결론이 나질 않았으니, 백호는 여전히 에트라인과 함께할 것이고, 이는 신수를 원하고 있던 각 왕비를 비롯한 권력자들에게는 달갑지 않은 소식일 터였다.

그들 왕실이 주술적 의식으로 강제적 교감을 이룬다고는 하나, 가장 전통적인 교감 방식은 동물과 오래도록 함께 생활하며 성장하는 것이었다.

자칫 그 같은 흐름으로 이어질 수도 있다는 우려가, 왕비와 각 세력들의 마음을 조급하게 만들지도 몰랐다.

"이거 참…."

계획대로 되는 일이 없었다.

"…한동안은 또 시끄럽겠군."

왠지 입맛이 썼다.

마음에 안 드는 보고였다.

"신수… 백호를 놓친 것도 모자라서, 위약금까지 물라고?"

이어지는 내용이 화를 돋웠다.

"그게 싫으면 의뢰를 확실히 마무리하란 말이지."

속 한쪽이 살살 쓰려왔다.

"스페렌 왕국이라."

보고에는 귀에 거슬리는 이름도 있었다.

"에던 파인드!"

불길한 이름이었다.

"에던 운트."

무수히 많은 가짜들이 활동하고 있었다.

"다 엉터리들이지."

당연히 그럴 리가 없다고 여기면서도 의심이 갔다.

"정신이 나가지 않고서야 성만 바꿔서 활동할 리가 없지."

하지만 그럼에도 불구하고 확신을 가지기가 어려웠다.

"미친개, 에던 헌트!"

불길했다.

"…확인은 해야겠지."

한 차례 당한 게 있는 까닭이었다.

"빌어먹을 '루딘' 같은 놈들을 또 만들 수는 없으니."

답을 구하고자 목줄을 풀었다.

"스페렌에 사냥개들을 집결시켜라."

명을 내렸다. 제 1 목적이라면 간단했다.

"암전에 위약금은 없다!"

대신 의뢰를 마무리해 줄 것이다.

"분위기 전환으로는 딱 이겠지."

스페렌의 미지근한 공기를 제대로 달궈줄 생각이었다.

"겸사겸사 확인도 하고…."

제 2 목적은 '에던'이라는 사내를 확인하는 것이었다.

"거슬리는 건 일찌감치 처리를 해야겠지."

암전의 심판자들이 스페렌의 수도로 모여들었다.

❖ ✦ ❖

교감의식을 통해, 뜻밖의 결과를 내어놓았다고는 하나, 에트라인의 일과는 전혀 변한 게 없었다.

당장 그를 조사해야 한다며 주술사들이 목소리를 높였지만, 누가 감히 왕국의 혈통을 억제하고 실험할 수 있겠는가.

국왕 리베이트의 엄한 일갈이 그들로 하여금 침묵이야말로 금이라는 교훈을 깨닫게 만들어주면서, 에트라인은 변함없는 일상으로 돌아갈 수 있었다.

물론, 아주 변함이 없는 건 아니었다.

"거 참…."

에던은 한편에서 그를 지긋이 응시하는 백호를 바라보며 입맛을 다셔야만 했다. 그도 그렇게 녀석의 눈빛이 마치 에트라인이 그를 바라보는 것과 꼭 닮아있던 까닭이었다.

특히, 그가 연공이라도 하려 들면, 마치 제가 학생이라도 되는 양, 가까이에 다가와 뚫어져라 그의 모습을 응시하는 것이 아닌가.

관찰당하는 것 같은 느낌에 묘하게 불편하다고 해야 할까?

[백호가 아이와 함께 지내는 건, 의식의 결과를 확인하는 절차니, 자네가 이해하게.]

직접 찾아와 그리 전한 리베이트의 이야기를 떠올리자니, 저 작은 짐승을 내치기도 어려웠다.

기이한 건 이뿐만이 아니었다.

'저 놈, 저거….'

요상한 면이 있었다.

간혹, 잠이라도 자는 것 마냥 가만히 눈을 감고 얌전을 떨 때가 있는데, 그럴 때면 백호에게서 낯설지 않은 느낌을 받고는 했다.

마치, 에트라인의 연공을 지켜볼 때 전해지는 분위기와 꼭 닮아있다고 해야 할까?

'에이, 설마….'

불현듯 떠오르는 말도 안 되는 생각에 고개를 절레절레 저으며 이를 부정했다.

'신수라고는 해도, 동물이 연공이라니.'

짧은 실소와 함께 여느 때처럼 뜀박질에 열중하는 제자, 에트라인에게로 시선을 던졌다.

'좀… 변했나?'

연공과 더불어 꾸준한 체력단련으로 인해, 분명 아이는 단기간에 상당량의 지구력을 키운 상태였다.

하지만 지금 비쳐지는 모습은 그 수준을 훌쩍 뛰어넘은 듯 보였다. 이미 땀을 흘리며 비틀거려야 할 시간이 지났건만, 여전히 팔팔해 보이는 아이의 모습에서, 분명 전과 다른 변화를 느낄 수 있었다.

'교감의식 때문일까?'

분명, 들려오는 이야기들을 종합해보면, 아무런 변화가 없다고 했건만, 그가 보기에는 전혀 그렇지가 않았다.

'저 정도 체력이면….'

슬슬 뜀박질에서 벗어나도 될 것 같았다. 그리고 이 즈음에서 한 가지 놀라운 생각이 떠올랐다.

'그러고 보니, 이미 알 만한 사람은 다 알잖아.'

에트라인이 연공을 하고 있다는 사실은 이미 왕실 전체에 전해진 상황이었다.

'이런데도… 굳이 숨길 이유가 있나?'

의문과 함께 결정을 내렸다.

"왕자저하, 오늘부터 정식으로 연공을 시작하도록 하겠습니다."

그야말로 충격발언이었다.

갑자기 에트라인을 불러놓고 내어놓은 그 한마디에, 감시자가 크게 헛기침을 내뱉었고, 에트라인이 환호했으며 백호가 코를 골았다.

그리고,

당연한 수순으로 프레이트가 방문했다.

"대체, 무슨 생각을 하는 거야?"

성난 그녀의 외침에 에던은 가만히 생각해봤다.

'이 여자도 웃기는 할까?'

쓸데없는 궁금증에 잠시 빠졌지만, 이내 본론으로 생각을 돌린 에던이 침착히 입을 열어 대응했다.

"어차피 알 만한 사람은 다 아는데, 이제 와서 굳이 숨겨야 할 이유가 뭔지 모르겠더군요."

과연, 틀린 이야기는 아니었던지, 일순 프레이트의 말문이 막혔고, 그 순간 에던이 역으로 쏘아붙였다.

"게다가 어차피 의식은 끝나지 않았습니까. 성공이건 실패건 그 이후에는 더 이상 연공이 금기가 아니라고 들었던 것 같은데, 제가 잘못 알고 있는 겁니까?"

틀린 말은 아니었기에, 이번에도 프레이트는 반박하지 못했고, 지금이다 싶던 에던은 정확히 결정타를 터트렸다.

"왕자저하께 사신의 검을 드리지요."

"…검?"

"제 공부를 전한다는 뜻입니다."

과연, 제대로 먹힌 것일까? 에던은 찰나의 순간 프레이트의 동공이 흔들리는 걸 놓치지 않았다.

에던은 스스로의 위치가 어느 정도인지 잘 인지하고 있었다.

[차세대의 초월자!]

그건 결코 가볍지 않은 무게감을 지니고 있는 자리였다. 당장의 실력만으로도 이미 충분히 묵직하건만, 미래에 대한 기대감까지 더한다면, 그야말로 그 무게감은 어마어마한 것이었다.

'사신의 검….'

프레이트는 새삼스런 얼굴로 에던을 바라봤다.

'그래… 그랬지.'

초반에는 언뜻 외면하려 했으나, 이제는 그녀 역시도 인정하고 있었다.

눈앞의 사내는 강했다!

'아버님께서 직접 확인하신 것이니….'

결혼 문제를 거론했던 부분에서 이미 짐작 가능했다.

저 멀리 동대륙에서 반짝이는 소문만 무성한 실력자가 아니라, 전 대륙적으로 인정할만한 실력자라는 걸, 이제는 알았다.

"분명히 말씀드리지만, 왕자저하께서는 제 생전 본 적이 없는 재능을 지니고 계십니다."

에던 본인이 사신이라는 부분을 강조한 이후에 에트라인의 재능을 언급했다. 그 신뢰도가 한층 솟구치는 건 당연한 수순이었다.

"저는 검술 선생인 '척'이 아니라, 제대로 선생 역할을 할 생각입니다. 그러기 위해서는 공주저하의 허락이 필요하다고 생각해서, 이렇게 말씀을 드리는 겁니다."

"으음…."

나직한 신음성과 함께 프레이트의 미간에 골이 패였다. 고심하는 그녀의 모습에 에던은 조용히 침묵으로 기다렸고, 오래지 않아 결론이 내려졌다.

"앞으로… 잘 부탁드립니다."

그녀가 비록 왕족이라고는 하나, 상대는 이제 왕족의 스승이었다. 앞전과 달리 더 이상 위장이 아닌 것이다. 지금까지와 같은 막말을 사용하는 건, 예의에 맞질 않았다.

때문에 허락하는 의미와 함께 말투마저 바뀐 것이었다.

"최선을 다하도록 하겠습니다."

에던 역시도 정중한 어투로 마주하며 예를 갖췄다.

❖ ✤ ❖

뜻밖이라고 해야 할까?

"원로회가 직접 움직일 줄이야."

스페렌 왕국의 제1 암전주인 '베놀 챠크'는 갑작스런 사냥개들의 집합에 얼굴 가득 불편한 기색을 드리내야만 했다.

비록, 암전이라는 그늘 아래에서 함께 생활을 한다고는 하나, 이곳은 그의 영역이었다.

아무리 원로회라 할지라도 멋대로 그의 영역에서 날뛰는 건 곤란했다.

더군다나 그 무대가 바로 그의 집 앞이나 마찬가지인, 스페렌의 수도 세베르난이라는 점이 더욱 속을 긁었다.

하지만 그럼에도 불구하고 화를 표현하진 못했다.

'사냥개가 일백이라.'

이곳 스페렌 뿐만 아니라, 주변 왕국의 심판자들까지 죄다 불러 모았는지, 저들이 끌고 온 심판자의 숫자가 실로 놀라웠다.

'전쟁이라도 벌이려는 것인가?'

그가 비록 스페렌의 1전주로 있다고는 하나, 저만한 전력 앞에서도 목소리를 높인다는 건 쉬운 일이 아니었다.

하지만 분명한 건, 이번 사건을 빌미로 그를 비롯한 다른 1전주들이 원로회에 적잖은 불만을 표하게 될 거라는 점이었다.

'원로회에서도 모르는 게 아닐 텐데.'

굳이, 이 같은 행동을 하는 이유가 무엇일까?

'우선은….'

나서기보다는 지켜봐야 할 때였다.

7. 망자!

7. 망자!

의뢰를 완수하겠다는 보고를 받았다.

그래서일까?

자연스레 긴장감이 일어날 수밖에 없었다.

의뢰의 목표물인 신수 백호가 8왕자 에트라인과 함께하는걸 아는 까닭이었다. 자칫 에트라인이 사건에 엮여 위험에 처하는 순간, 국왕 리베이트를 움직이게 만드는 계기가 될 수도 있었다.

대외적으로 알려져 있진 않았으나, 리베이트야 말로 스페렌의 최강자라는 건 왕실의 모든 이들이 인정하는 사실이었다.

애초에 그 권좌를 두고 다투던 당시에, 이미 그 능력을 증명했던 까닭에, 감히 그에 대한 의심을 내비칠 이는 없었다.

그 당시의 기억 때문인지, 오랜 시간이 흐른 지금은 별의 영역에 들었을지도 모른다는 추측도 자주 나오고는 했다.

게다가 굳이 그 같은 이유가 아니더라도, 한 나라의 왕이 움직인다는 건 여러모로 상황을 어렵게 만들 위험이 있었다.

당연하히 리베이트가 움직이는 상황만큼은 피해야 했다.

그럼에도 불구하고 일을 벌였다.

3왕비 '미셸 테 렌-스페렌'은 교감의식 당시에 발생했던 일을 떠올리며 재차 몸서리를 쳤다.

'에트라인…'

분명, 아무런 변화도 없었다.

하지만 그 옆에서 신수에게 변화가 발생하는 걸 봤다. 아니, 느꼈다. 희미한 잔향 정도였지만, 분명 그간의 의식과는 전혀 다른 흐름이 공간을 스쳐갔었다.

왕비이기 이전에, 뛰어난 전사이기도 했던 그녀의 날 선 감각이 뭔가가 있었다는 걸 전해왔다.

'왠지… 느낌이 좋질 않아.'

때문에 암전을 다시 움직인 것이다. 게다가 신수 백호가 에트라인과 함께 생활하는 것 역시 막아야 했다.

굳이 교감의식이 아니더라도, 저처럼 오랜 시간을 함께 지내다 보면, 자연스레 수인족의 피가 각성할지도 몰랐다.

가까이에서 함께 생활하던 백호의 기운이 깃들어, 뛰어난 후계자로써 성장을 거듭할 수도 있었다.

'일찌감치 막아야겠지!'

하지만 어째서일까?

이미 암전이 움직였다는 소식을 받았음에도 불구하고 이 기이한 긴장감과 불안감은 무엇이란 말인가.

국왕 리베이트의 개입이 우려되어서? 암전의 실패가 걱정서? 백호와 에트라인 사이에 교감이 이뤄질까봐?

'그 외에는 또 없나?'

다른 무언가가 더 있을 것 같은 느낌이, 자꾸만 그녀의 불안감을 자극하고 있었다.

❀ ❖ ❀

설한 차례 귀를 후비던 에던이 슬쩍 귀지를 불어낸 뒤, 강의를 기다리는 제자를 바라봤다.

정식으로 검술선생으로써 인정을 받은 까닭일까?

"연공을 하는 방법은 다양합니다."

더 이상 그에게 '대충'이라는 단어는 없었다.

"움직이면서 하는 것, 한 자리에 머무르며 가만히 앉아서 하는 것, 때로는 수면을 취하면서 익히는 독특한 것도 있습니다. 그리고 이 각자의 방식마다 실로 다양한 종류의 연공법들이 나름의 형태를 갖춘 채, 각각의 개성을 주장하는데, 마법이 원소별로 특성이 다른 것과 비슷하다고 생각하시면 될 겁니다."

더더욱 진심으로 진지하게 가르침을 전했다.

그간 몸짓과 행동으로써만 전해지던 것들이 이제는 단어와 설명까지 친절히 곁들여서 전달되니, 아이는 그야말로 솜이 물을 빨아들이듯, 에던의 공부를 급속도로 흡수해 나가기 시작했다.

"몸을 움직이면서 연공을 하면, 그 움직임에 반응하는 근육과 힘의 강약 조절로 인해, 내부의 연공 흐름도 함께 움직이며 박자를 타는 것인데, 이를 통해서 연공법은 각자의 개성으로 발전한다고 볼 수 있습니다."

설명을 하나라도 놓치지 않으려는 듯, 에트라인이 눈을 반짝이며 그의 이야기를 하나하나 귀에 담는데, 신기한 건 그 옆에서 자신도 수업을 듣겠다는 듯, 귀를 쫑긋 세우고 있는 백호의 모습이었다.

하지만 뭔가를 알아듣는 느낌이 아닌, 그저 에트라인을 따라하는 것 같은 느낌이 더 강해보였지만, 어쨌든 제법 신기하면서도 재밌는 광경인 건 분명했다.

나름 연공법에 대한 이런저런 설명들을 더하고는 있으나, 사실 그 역시도 이 부분에 대한 확신을 가지고 있는 건 아니었다.

오러홀이 파괴되어 오러를 느끼지 못하는 까닭이었다. 설명 대부분이 그저 오래도록 발악해오며 이것저것 귀담아

들었던 내용들을 짜깁기 한 것이나 다름없었다.

때문에 설명을 하는 중간중간 다양한 가능성들을 열어놓는 걸 아끼지 않았다. 한 방향으로 편중된 사고가 아이의 연공에 미칠 악영향을 우려한 것이다.

특히, 에트라인의 천부적인 재능을 생각한다면, 더더욱 사고관이 고정되는 걸 조심해야 했다.

'베르말식 연공법을 중심에 놓고.'

이후 최대한 안정적으로 알려진 연공법들을 순차적으로 가르칠 것이다.

대부분 베르말식과 마찬가지로 싼 가격에 잠시 거쳐 가는 연공법들로써, 그 축적량은 최악이나 안정성은 나쁘지 않기에, 이를 통해서 조금이나마 더 다양한 관점을 가질 수 있는 계기를 주고자 세운 계획이었다.

'그리고 마무리는….'

알고 있는 최고의 연공법인 라-베르말을 전할 생각이었다.

안정성과 더불어 오러 축적량도 남다른 것으로써, 충분히 일류급으로 분류해도 될 수준의 뛰어난 연공법이었다.

순수하게 축적량만 놓고 본다면 최상위의 연공법들과 비교하기에는 무리가 있을지 모르겠으나, 안정성까지 함께 갖추고 있다는 걸 생각한다면, 충분히 어깨를 나란히 해도 될 거라고 여겼다.

'안정성이 높다는 건, 그만큼 정순하다는 의미이기도 하니까.'

축적량은 뛰어나지만 안정성은 낮아서 위험도가 높은 연공법들이 간혹 존재하는데, 이런 경우는 대개 급격한 오러 축적에만 신경을 쓴 까닭인지, 연공중에 부정한 기운들도 함께 내부에 쌓이면서, 이로 인해 사람의 성격이 비틀려 흉악해지는 결과를 만들어버리고는 했다.

때로는 아예 이성적 판단력이란 걸 배제시켜 버리는 경우도 있어서, 실로 위험천만한 연공법이라 할 수 있었다.

'마법으로 치자면 흑마법 같은 거라고 보면 되려나.'

물론, 흑마법이라고 해서 모두가 악질적인 건 아니었다. 그것도 각각의 원소마법처럼, 별도로 '어둠'이라는 장르를 개척하는 마법이라 할 수 있었다.

단지, 어둠이라는 특성상 그 안에는 비틀린 욕망과 욕구가 함께 끼어드는 상황들이 제법 있어서, 그야말로 악의적이라 할 만한 마법들을 탄생시키는 경우가 적잖게 발생하는 것이다.

때문에 흑마법을 부정적 시선으로 보는 이들이 많은 것이기도 했다.

그리고 이 같은 설명들 역시 에트라인에게 아낌없이 전해주었다.

'게다가 저 정도의 재능이라면, 굳이 오러 축적량에 연연할 필요까지는 없겠지.'

오히려 최상위급에는 못 미치더라도, 안정성 높은 라-베르말 연공법으로, 내실을 다지는 게 더 중요할 거라 여겼다.

축적량을 우선시하다 이성적 사고에서 멀어지는 건, 이곳의 시점에서 본다면 자칫 수인족의 피에 먹혀버렸다는 오해를 살 수도 있기 때문이었다.

"사실… 왕자저하께서 지금까지 익혀 오신 연공법은 베르말식 연공법이라는 것으로써, 어디서나 흔히 구할 수 있는 연공법입니다."

또한 그 혼자만 알고 있던 비밀도 숨김없이 전했다. 하지만 의외라고 해야 할까?

에트라인은 전혀 실망하는 기색 없이 신뢰 가득한 얼굴로 에던을 바라보고 있을 뿐이었다. 다 그만한 이유가 있기 때문에 전했다고 여긴 까닭이었다.

게다가 다른 이들에게는 굳이 알리지 않았지만, 아이는 교감의식을 치르던 와중에, 스승이 전한 공부인 베르말식 연공법을 행하는 꿈을 꿨고, 이후 깨어났을 때 전과 다르게 오감이 깨어나는 감각을 맛봤다.

부쩍 늘어난 체력도 거기에 포함시킬 수 있었다. 이를 통해서 그게 꿈이 아니었을지도 모른다는 생각과 함께, 스승에 대한 믿음을 한층 키운 상태였다.

겨우 5살이라는 어린 나이였으나, 왕실의 복잡한 공기를 맡으며 그 어지러운 분위기를 체험하며 살아 온 덕분일까?

아이는 숨길 줄을 알았다. 때문에 굳이 이 같은 사실을 드러내지 않으며, 교감의식 이후의 소란 속에서도 그저 조용히 침묵하고 있는 것이기도 했다.

에트라인의 이 같은 신뢰 가득한 눈빛에 힘을 얻었음일까? 잠시 주저하는가 싶던 에던이 차분히 이야기를 이어나갔다.

"그리고 앞으로 가르쳐드릴 공부들 역시도 실상은 그리 뛰어난 게 아닌, 그저 어디서나 흔히 구할 수 있는 그런 공부들일 겁니다."

이는 뜀박질을 하던 당시에 보여주었던 검술들까지 총합하는 이야기라는 걸, 아이에게 상세히 설명했다.

"하지만 그 별 볼일 없다는 공부들이야말로, 제 모든 것이기도 합니다."

이 부분에서 한 차례 고민을 했으나, 여전히 변함없는 아이의 눈빛에 에던이 고개를 끄덕이며, 마지막 비밀까지 아낌없이 털어놓았다.

"사실, 이제와 말씀드리지만, 왕자저하께서는 제 공부를 온전히 받아들이시기가 어려우실 것입니다."

이유는 간단히 전했다.

"저에게는… 오러홀이 없기 때문입니다."

국왕 리베이트가 진정 초인이라면, 이 같은 사실을 이미 알아냈을 확률이 높았고, 그로 인해 언젠가는 아이에게 전해질 수도 있기에, 차라리 일찌감치 알리기로 한 것이다.

게다가 이미 스승과 제자의 관계를 구축하기로 한 이상, 이 같은 부분을 숨길 필요가 없다고 여긴 이유도 컸다.

물론, 프레이트가 붙여놓은 감시자에게까지 밝힐 이유는 없기에, 그는 따로 떨어트려놓은 상황이었다.

애초에 연공법을 전수하는 과정에 타인이 끼어드는 건 예의가 아니기도 했다.

그저 몸짓으로 전하던 것과 달리, 이제는 정식으로 설명을 곁들여가며 전하는 것이니만큼, 감시자도 지켜야 할 경계선이 있고, 당연히 그 이상은 넘어올 수 없는 것이다.

오로지 스승과 제자로써, 에트라인에게만 알리는 비밀이었다.

"…무슨 말씀이신지요?"

잠시 이해하지 못한 듯, 의문을 표하는 아이의 모습에 에던은 스스로의 상황을 정확히 설명해줬다.

이야기의 끝에 이어진 반응이 또 놀라웠다.

감동 또는 감탄 그리고 존경!

그 같은 감정의 물결이 아이의 얼굴 가득 표현되고 있던 것이다.

이미 누이를 통해 스승이 차세대의 초월자로 불린다는 걸 알고 있었다. 때문에 그 악조건 속에서도 그 같은 위치에 올랐다는 점에서 절로 공경심이 생기는 모양이었다.

'…실망할 줄 알았는데.'

다행이라면 다행이었다.

나름대로 그에 따른 여파도 나름 대비하고 있었건만, 아이의 반응을 보니 더 이상의 걱정은 필요 없을 거라 여겼다.

"그러니 왕자저하께서는 언제나 제가 전하는 공부를 하나의 고정된 관점이 아닌, 항시 다양한 관점에서 고심하고 또 궁리하는 걸 고려하셔야 할 것입니다."

말을 하면서도 과연 이 어려운 이야기를 제대로 이해하고 있을까도 싶었지만, 그 육신에만 천부적인 재능이 깃든 건 아닌지, 아이의 똘망똘망한 눈빛은 전혀 흐려지지 않은 채, 여전히 선명하고 뚜렷하게 그를 응시하고 있었다.

작게 고개를 끄덕인 에던이 다시금 이야기를 이어나갔다.

"분명히 제가 전해드리는 공부들의 양은 적지 않을 것입니다. 하지만 제 공부 자체가 하나의 편협한 관점에서 이뤄진 것일 수도 있습니다. 그러니 왕자저하께서는 기회가 되신다면, 아낌없이 주변의 공부들을 살피시고, 거기에서 얻은 공부들을 소홀히 하지 않으셨으면 합니다."

그러면서 본격적으로 연공에 들어가는데, 멀찍이서 지켜보던 감시자는 이 즈음에서야 에던과 에트라인의 비밀 전수에 대한 진실을 알 수 있었다.

에트라인의 우스꽝스럽던 몸짓이 에던과 함께하자, 그둘의 동작들이 절묘하게 맞아떨어짐을 느낀 것이다.

뜀박질 사이의 휴식시간이 어떤 역할을 했는지, 이제야 깨닫게 되었다.

그리고 동시에 전율해야만 했다. 비밀을 알게 되자, 그 역시 에트라인의 천부적인 재능을 깨닫게 된 까닭이었다.

당연하게도 이 내용은 프레이트에게 전해졌고,

"이 작자가 정말!"

그녀의 분노가 에딘에게 떨어졌음은 당연한 수순이었다. 그 순간만큼은 에트라인의 스승이라는 자리도 제 힘을 발휘하지 못했다.

존칭이 사라지는 건 그야말로 순식간이었다.

❀ ❖ ❀

암전의 사냥개들은 그야말로 정예 중의 정예라고 할 수 있었다. 그들 한명 한명이 각자 선임기사 수준의 실력자라는 부분에서, 모여 놓으면 충분히 각국의 정예 기사단과 견줄만하다는 결론을 내릴 수 있었다.

물론, 그렇다고 해서 기사단과의 정식 대결에서, 그들의 승리를 장담한다는 의미는 아니었다.

각자의 역할이 다른 까닭이었다.

기사단은 하나의 '단체'였지만, 그들 사냥개는 각자가 개인으로써 존재하는 이들이라고 봐야 했다.

그들이 집단 전투에 약하다는 소린 아니지만, 그래도 용병 특유의 개성이 남아있는 까닭에, 집단전을 전문적으로

훈련하고 오랜 세월 호흡을 맞춰온 기사단과 승부를 겨룬다는 건, 여러모로 어려움이 있었다.

하지만 개개인의 능력은 뛰어났고, 동시에 그들 나름대로 이런저런 경력이 있으며, 암전의 심판자로써 살아온 경험도 있는 까닭에, 오히려 어둠 속에서의 승부에서는 그들이 우위에 있을지도 몰랐다.

절반정도는 암살자에 가까운 까닭이었다.

'분명, 그럴 터인데….'

스페렌의 1전주인 베놀은 새삼스런 얼굴로 그의 공간에 모인 사냥개들을 바라봤다.

'…대체, 뭐지?'

일백의 사냥개들을 살피는 그의 눈에 짙은 의문의 빛이 깃들었다.

'사냥개가 맞나?'

풍기는 분위기는 분명 암전의 심판자가 맞았다. 하지만 각자의 개성이 남다른 그들 특유의 분위기와 달리, 저들 일백의 사냥개는 마치 하나의 군집체마냥, 함께 호흡하고 행동하며 생활하고 있었다.

'무슨…기사단도 아니고.'

게다가 기이한 건 또 있었다.

'눈빛이….'

섬뜩하다고 해야 할까? 사냥개들 특유의 매서운 눈빛과 닮아있으면서도, 왠지 모르게 다른 듯 여겨지는 소름끼치는 느낌을 풍기고 있었다.

'이거···.'

느낌이 좋질 않았다. 최악의 상황을 염두에 둬야 할지도 모른다고 본능이 외쳐댔다.

이곳 스페렌의 암전주답게, 그 역시 수인족의 후예였고, 그 강렬한 짐승의 감각을 깨운 까닭일까? 동물적인 야생의 감이 위험신호를 보내오고 있었다.

'만약을 대비해야겠군.'

그가 그렇게 퇴로를 준비하는 사이, 어느새 스페렌 왕실의 어둠속으로 스며들 준비를 마친 암전의 심판자들도, 하나둘 움직임을 보이기 시작했다.

❖ ✛ ❖

찜찜하다고 해야 할까?

'공기가 탁한가?'

왠지 모르게 기분이, 가슴 한편이 답답해지는 느낌을 받았다.

"뭐지?"

에던은 고개를 갸웃거리며 찬찬히 주변을 살폈다.

[자그마한 이상이라도 허투루 넘기지 말라!]

오랜 용병생활을 하며 깨우친 생존비법 중 하나였다.

'뭘까?'

살피고 또 살폈다. 하지만 마땅히 이렇다 할 특이점은 찾아내지 못했다.

'몸살인가?'

결국, 스스로에 대한 의문으로 마무리를 지으며 연무장으로 향하는데, 그렇게 얼마나 걸었을까?

"얼씨구?"

돌연, 그의 발길이 멈췄다. 저 한쪽 벽면의 구석에 새겨진 기이한 '흠집'을 본 까닭이었다.

한 차례 의심이 싹튼 까닭에, 자그마한 것 하나 놓치지 않고자 걷는 내내 주변을 살폈고, 그 덕분에 발견할 수 있는 '흠집'이었다.

가까이서 살폈고, 이내 확신했다.

'…암전!'

언뜻 흠집으로 보이던 건, 그들의 비밀스런 암어였다. 안타깝게도 지난번과 마찬가지로 정확한 의미는 알 수 없었다.

하지만 이것이 그들과 관계있는 암어라는 건 확신할 수 있었다.

가만히 이를 살피던 에던의 눈가에 이채가 스쳐갔다. 최근에 새겨진 것임을 알아챈 까닭이었다.

"흐음…."

갑작스런 공기의 변화와 가슴의 답답함을 떠올리며, 직감적으로 프레이트의 의뢰를 수행해야 할 때가 왔음을 깨달았다. 잠시 소매와 품을 살피던 그가 무장이 부족함에 발길을 돌렸다.

하지만 이내 걸음을 되돌려 연무장을 향했다. 그곳에 가득 널려있는 병장기를 떠올린 까닭이었다.

'기왕이면 공짜를…'

게다가 왕실 물건이라 하나같이 명장의 작품이었다. 굳이 그의 것을 사용할 필요가 없는 것이다.

"츄릅…."

명분도 있겠다. 꺼릴 것이 없는 상황인 만큼, 하나라도 더 챙길 생각으로 바삐 걸음을 재촉했다.

마침, 감시자도 에트라인을 데리러 간 상황이니, 그야말로 절호의 기회였다.

❖ ✣ ❖

암전은 두 부류로 나뉘어서 스페렌의 왕실로 침투했다. 한쪽은 전형적인 그들의 방식 그대로 어둠을 틈타 스며들었고, 다른 한쪽은 날 밝은 아침에 당당히 정면으로 문을 넘었다.

방법이야 다양했다.

주방의 요리사 혹은 청소부 또는 마부로써, 각종 일꾼들로 위장하여 안으로 들어선 것이다.

그들 암전의 방식답게, 그 위치에 있던 이들과 바꿔치기

한 것으로써, 아마도 기존 일꾼들의 생사는 확인하기가 어려울 터였다.

'뭐, 그래도 고통은 없이 끝내줬으니까.'

원로회의 일원이자 사냥개들의 리더 격으로써, 이번 임무를 위해 스페렌에 침투한 '에일 리발'은 비릿한 미소와 함께 자신의 복장을 점검했다.

그의 경우에는 사냥개들의 위장과 달리, 일꾼이 아닌 기사의 복장을 하고 있었다.

기사들의 경우에는 그들 암전의 사냥개도 선뜻 상대하기 어려운 까닭에, 암전의 요원들이 미리 만들어 놓은 자리를 바꿔치기 한 상황이었다.

일꾼들 중에도 그런 이들이 제법 있었는데, 이는 곁에서 함께 생활을 한 경험이 있어야, 위장에 대한 완성도를 높일 수 있는 까닭이었다.

가까이서 지켜보고 위장인물에 대한 내력을 정보로써 전하는 것이다.

물론, 수인족의 후예를 자처하는 스페렌 왕국의 왕실답게 그 후각이 만만치가 않아, 잠입하는 게 쉽지는 않았다.

때문에 최소한의 요원만이 활동하고 있는 곳이 바로 스페렌 왕국이었다.

'들어오는 것까지는 문제없었는데….'

이제 남은 건 임무를 수행하는 것이었다.

거기에 더해 한 가지 더,

'녀석들의 능력을 제대로 확인해 봐야겠지.'

이번 임무에 이끌고 온 사냥개들은 기존의 심판자들과는 다른 특별한 이들이었다.

아마도 이번 결과에 따라, 암전은 세상이라는 거대한 틀 속에서 새로운 전환점을 맞이하게 될지도 몰랐다.

"어떤 결과가 나오려나."

기대감에 심박수가 빨라지는 게 느껴졌다.

❖ ✛ ❖

과연, 어디까지 갈 생각일까?

'궁금해지는군.'

리베이트는 갑작스레 밀려든 텁텁한 감각에 눈살을 찌푸리며 창가로 향했다. 왕성이 한눈에 내려다보이는 그의 집무실에서 찬찬히 왕실의 풍경을 감상하는 그의 눈가에 서늘한 한기가 내비쳤다.

대륙은 물론이거니와 왕실에도 알려지진 않았으나, 분명 그는 초월자였다.

물론, 왕실 내부에서도 몇몇은 그가 별의 영역에 올랐을 거라 짐작하는 이들이 있긴 했다.

왕위에 오르던 당시 보여줬던 능력을 생각한다면, 오랜 세월이 지난 지금, 그에게서 절대자의 권한을 엿보는 건 어렵지 않을 터였다.

그런 초월자의 감각이 왕실 내부의 미묘한 변화를 놓칠 리가 없었다.

'자칫… 놓칠 뻔 했지.'

여차하면 그 역시 변화를 알아채기 어려웠을 만큼, 저들은 은밀했다. 초월자의 감각을 이만큼이나 속였다는 부분에서, 이미 침입자의 실력이 만만치가 않을 것이란 결론이 나왔다.

'…암전일까?'

이전의 경험으로 인해, 한 차례 그들을 떠올려봤다. 스페렌 내부에도 불순한 계획을 꾸미는 세력들이 제법 있기는 했지만, 우선적으로 암전을 떠올린 건, 전혀 생소한 공기의 흐름을 읽은 까닭이었다.

일족의 반란세력이라면 이 정도로 낯설 이유가 없었다.

'그도 아니면….'

또 다른 외부의 세력이 발을 들였을 거란 추측도 가능했다.

'에티렉? 비스플?'

몇몇 단체들의 이름이 머릿속을 스쳐갔다.

하나같이 암전과 비슷한 부류로써, 세상의 이면을 무대로 활동하는 세력들이었다.

물론, 우선순위는 암전으로 두고 있었다. 앞서의 경험과 더불어 그들 세력의 규모가 가장 큰 까닭이었다.

당연히 최고라는 말은 아니었다.

'설마… 레드문은 아니겠지?'

그들은 이런 부류의 다툼에는 끼지 않으니 우선순위에서 제쳐둔 것이다.

즉각 움직일까도 싶었으나, 이내 고개를 저으며 걸음을 잡았다. 우선은 침묵을 유지하기로 결정했다.

'…평화가 너무 길었지.'

가벼운 알력싸움 정도야 간혹 있었지만, 그가 왕위에 오른 이후로는 심각한 수준의 다툼 혹은 전쟁은 발생한 적이 없었다.

왕위에 오르던 당시 보여줬던, 그의 옛 모습을 기억하는 이들이 너무 많은 까닭이었다.

그야말로 철권이고 괴력이었으며 파괴자였던 기억!

아직까지도 내부 반란세력으로 하여금 섣불리 움직이기 어렵게 만드는 억제력이 있었다.

[대흑갑!]

혹은 검은거북이라고 불리는 영수!

그게 바로 리베이트와 교감을 이룬 동물이었는데, 등껍질 외에도 전체적인 외피의 단단함이 마치 갑옷 같다고 해서, 대흑갑이라는 명칭으로 불리는 영수였다.

리베이트는 이 영수의 특징을 극한까지 이끌어낸 덕분인지, 어지간한 병장기도 몸으로 받아낼 만큼 그 피부가 질기고 단단했고, 타고난 신력 역시도 뛰어난 까닭에, 그야말로 거침없는 파괴력을 보여준 바 있었다.

게다가 여전히 그 외형에서 청춘이 엿보이니, 감히 그를 향해 반기를 들 용기가 나질 않는 것이다.

영수의 특징이라고 여기는 이들이 많았으나, 사실 이 부분은 별의 영역에 오르면서 얻은 청춘이었다.

'뭐… 대흑갑의 영향이 아주 없는 건 아니지만.'

어쨌든 이런 그의 존재감으로 인해 평화라는 공기가 스페렌 전역으로 퍼져있는 상황이었다.

당연하게도 실전적 감각이 부족한 이들이 제법 많았다. 경험 있는 실력자들 역시도 긴 공백으로 인해 미묘하게 감각적 오류가 발생할지도 몰랐다.

이전 백호의 강탈사건에서 이미 그 기미가 보이질 않았던가.

때문에 저들 침입자들을 상대로 왕실의 분위기를 확실하게 다잡을 필요가 있다고 여겼다.

피가 흐르고 고통과 절규의 외침이 터져 나올지도 몰랐다. 하지만 최대한 침묵할 생각이었다.

새로운 왕좌를 노리는 후계자에게, 나약한 왕실을 보여주고 또 물려주고 싶은 생각 따위는 없었다.

'과연, 몇이나 눈치를 챘을까?'

아무리 평화에 찌들어도 변함없는 실력자들은 분명 있었다. 그들을 통해 최악으로 치닫는 건 충분히 피할 수 있을 거라 여겼다. 아니, 믿었다!

'이를 드러내라!'

발톱을 세워라!

'스페렌의 야성을 보여줘라!'

그들은 수인족의 후예였다.

❖ ✛ ❖

왕실 기사단 중 하나인 '프렌달'의 부단장인 '카울 라밤'은 기이한 이질감을 느꼈다.

언제나 같은 출근길이건만 왠지 모르게 이전과 다른 느낌을 받은 것이다. 분위기 혹은 공기가 다르다고 해야 할까?

그럴 이유가 없건만, 왠지 모르게 목이 타는 기분이 들었다.

이유가 뭘까?

출근길에 오르는 그의 눈빛이 조금씩 식어갔다.

그리고 이 같은 감정변화가 왕실 곳곳에서 동시다발적으로 발생하며, 또 다른 분위기 전환을 위한 준비가 갖춰지기 시작했다.

❖ ✛ ❖

이른 아침의 피로감도 잊은 채, 들뜬 마음으로 연무장에 도착한 에트라인은 전과 다른 낯선 풍경에 깜짝 놀라야만 했다.

"선생님?"

조심스레 에던을 불러보는데, 그제야 제자의 등장을 눈치 챈 듯, 화들짝 놀란 얼굴로 에던이 뒤를 돌아봤다.

헌데, 그 몰골이 실로 가관이었다.

거치대에 걸려있어야 할 병장기들이 자리를 잘 못 찾기라도 한 듯, 에던의 전신에 주렁주렁 매달려 있는 것이 아닌가.

"아니, 그러니까 제가 절대로 훔칠… 흠흠! 그러니까, 흠흠! 무장을 한 번 해 보고 있었습니다."

묘한 단어가 잠시 끼어들었던 것 같았지만, 워낙 순식간인지라 잘못 들었을 거라 여기며, 에던을 향해 다가갔다.

아이와 감시자의 접근에 에던이 어색하게 웃으며 제 몸을 내려다봤다.

'내가 무슨 짓을….'

그야말로 어색함이 가득 묻어나는 미소였다.

적당히 쓸 만한 무기 몇 종류만 챙길 생각이었건만, 뛰어난 병장기의 품질에 잠시 눈이 돌아가 버린 것이다.

그로써는 평생 사용할 기회도 얻기 어려운 명장의 무구들이 가득했다. 간혹 수업 중에도 시선이 향할 정도였는데, 이처럼 작정하고 움직이려니 이성이 잠시 잠깐 마비가 된 모양이었다.

'끄응….'

하지만 다행스럽게도 아이는 이런 그의 몰골보다는 다른 부분에 의문을 제기하고 있었다.

"···갑자기 무장이라니요?"

이에 에던이 작게 안도의 한숨을 내쉬며 조심스레 입을 열었다.

"수업을 살짝 변경하겠습니다."

뜬금없는 내용에 에트라인이 의아한 얼굴로 바라봤다. 에던이 씨익 웃으며 이야기를 이었다.

"오늘 수업은 실전에 대한 고찰로 하겠습니다."

"실전···이요?"

"아주 값진 경험이 될 겁니다."

그렇게 대답하는 에던의 손길이 은밀하게 거치대를 들락거렸다. 과한 무장을 해제하는 중이었다.

❖ ✛ ❖

에를 릭산은 스페렌 왕실의 정원을 관리하는 일을 하는 일꾼이었다.

이 차가운 북 대륙에서 꽃을 피우고 이를 화려하게 꾸민다는 건, 결코 쉬운 일이 아니었다.

마법을 비롯한 일족의 주술적인 도움이 있었기에, 그나마 정원이라는 공간을 그 이름에 맞게 꾸밀 수 있는 것이었다.

물론, 그렇다고 해서 에틀이 하는 일이 없는 게 아니다. 그의 손길이 닿음으로써 어렵사리 피운 꽃들이 제 모습을 한껏 내비칠 수 있는 것이다.

때문에 왕실에서도 특히 왕비를 비롯한 공주들에게 제법 많은 포상을 받는 직업이 바로 정원 관리사이기도 했다.

생각보다 정원의 규모는 작지 않았고, 당연하게도 관리사는 한명이 아닌 여럿이 존재했는데, 각기 조를 지어서 활동하는 게 보통이었다.

2인 혹은 3인으로 조를 지어서 활동하는데, 에틀과 같은 경력자는 2인으로 짝을 지어서 일을 하고는 했다.

그런 그의 조원이자 동료는 '세른 바문'이라고 하는데, 그가 모든 걸 가르쳤다고 해도 과언이 아닌 3년 늦은 후임이었다.

언제나와 다를 것 없이 새벽부터 정원에 나와 꽃들의 상태를 체크하고 관리를 시작하는데, 당연하다는 듯 그 곁에는 세른이 자리하고 있었다.

하지만 어째서일까?

'…뭐지?'

에틀은 왠지 모를 위화감에 자꾸만 뒤를 돌아봐야만 했다. 이런저런 물품을 건네주며 보조 역할을 하던 세른이 왜 그러냐는 듯 그의 시선을 마주하며 특유의 희미한 웃음 보내왔다.

항시 봐 왔던 그 표정 몸짓 그리고 미소였건만, 알 수 없는 기묘한 뭔가가 자꾸만 그를 불편하게 만들었다.

연신 고개를 갸웃거리던 그가 다시금 시선을 돌려 정원 관리에 전념하는데, 그 순간 에틀의 시야에서 벗어난 세른이 미소를 지우더니 서늘한 표정과 눈빛으로 에틀의 뒷모습을 노려봤다.

이내 세른의 손이 움직였다.

빠악!

묵직한 타격성과 함께 에틀의 신형이 무너져 내렸다.

의문이 깊어지고 있음을 알았다.

'의심으로 변하기 전에…'

끝을 낸 것이다.

더 이상 세른 바문이라는 사내는 이곳에 없었다.

[암전의 심판자!]

본격적으로 사냥을 시작할 시간이었다.

❊ ✣ ❊

이제 겨우 5살의 어린 아이에게 실전을 경험하게 한다?

'안 될 말이지.'

업계에서도 손에 꼽힐 정도로 어린 나이에 용병계에 뛰어든 그로써도, 5살이라는 어린 나이는 실전을 경험하기에는 어려운 시기였다.

그 때문에 에던은 '고찰'이라는 단어를 더해, 수업내용을 고정화하지 않았다.

생각하라는 것이다.

'체험이야 나만 하면 충분하지.'

아이는 그저 곁에서 지켜보기만 할 터였다.

'간접체험 정도까지는 괜찮을 것 같으니까.'

물론, 그마저도 저들 암전 측에서 찾아와 줘야 한다는 전제조건이 깔려있었지만, 느낌상으로는 저들이 이곳을 방문할 것 같다는 예감이 강하게 들었다.

목표물을 정확히 알 수는 없지만, 충분히 예상되는 후보가 여기에 있었다.

백호와 에트라인!

암전으로써는 충분히 방문할만한 이유가 될 터였다.

'피를 보기는 어렵겠지만.'

아무래도 아이가 보고 있는 까닭에, 잔혹한 장면은 최대한 자제할 생각이었다.

극단적이지 않게 상대를 '제압'하고, 이를 통해서 아이로 하여금 실전에서 펼쳐지는 '사신의 검'을 보여줄 것이다. 동시에 이를 통해서 아이가 '고찰'하게 만드는 것이 이번 수업의 목적이었다.

'최선은 자리를 피하는 거겠지만.'

저들 암전의 목적이 아이라면 어떻게든 찾아올 게 분명

하기에, 차라리 그의 영역으로 끌어들이는 게 좋았다.

게다가 아이의 호위가 부족한 것도 아니었고, 자칫 프레이트와 그 사이의 의뢰가 발각되며, 그가 검술선생이 아닌 호위였다는 게 알려질 수도 있는 까닭에, 최대한 말을 아끼는 게 좋았다.

'기껏해야 침투 납치 정도를 맡는 녀석들이 찾아올 테니까.'

암전의 최고 전력은 사냥개라 불리는 암전의 심판자들이었으나, 그들의 전공은 이런 납치계열이 아니었다.

암살 방면에도 제법 손을 적셨다고는 하나, 전문적이라고 하기에는 부족함이 있는 것이다.

'오히려 몰이꾼보다 못하지.'

때문에 우선순위에서는 제쳐놨다.

'뭐… 사냥개라고 해도 상관은 없겠지만.'

지난 1년여의 시간은 그로 하여금 전혀 다른 세상을 경험하게 만들어줬다.

과거에 사냥개들과의 접전을 기준으로 생각한다면, 지금은 그때와 달리 치고 빠지는 곁치기의 승부가 아닌, 정면으로 그들을 해체할 수 있는 자신이 있었다.

물론, 그렇다고 해서 정말로 사냥개의 방문을 원하는 건 아니었다.

이미 왕실 내부의 지도 정도는 머릿속에 집어넣은 상황이기에, 내딛는 걸음걸음에 주저함이 없었다.

　　각자 나름의 역할과 위치에 맞춰, 그들이 이용하는 통로를 중심으로 이동을 개시했기에, 목적지로 향하는 동안 의심의 눈길을 피할 수 있었다.

　　하지만 목적지와 가까워지면서, 조금씩 의심의 눈초리가 쌓여가는 건 어쩔 수가 없었다.

　　왕실의 가장 깊숙한 곳, 왕의 혈족들이 머무는 공간으로 들어선 까닭이었다.

　　당연히 점차적으로 그들의 발길을 막는 이들이 생겼고, 하나 둘 검문을 하는 수순이 늘어났다.

　　처음 한두 번 정도는 어찌어찌 넘길 수 있었다. 하지만 결국 그들은 위장을 한 가짜였고, 오래지 않아 의문이 의심에서 경계로 변화하는 과정까지 단번에 치고 올라가야만 했다.

　　스릉…

　　그 순간 거짓된 모습을 내던졌다. 사냥을 시작하고자 이빨을 꺼내들었다.

　　촤아악!

　　피가 튀고 비명성이 터져 나왔다.

　　과연, 스페렌의 왕실 기사단이라고 해야 할까? 기습의 순간에도 반격이 이어졌지만, 암격은 하나가 아니었고,

침입자는 무려 일백이나 되었다.

각자가 나름 동선을 타고 이동을 했다지만, 결국 나름의 목적지는 정해져 있었고, 하나둘 합류가 시작된 상황이었다.

게다가 그들도 팀을 이룬 까닭일까?

"끄르르륵…."

기사 한 둘 정도로는 제대로 된 반격이 어려울 수밖에 없었다.

연무장!

일단, '1차' 목적지까지 도달할 수 있었다.

❖ ✛ ❖

왕실 내부의 기사단 배치도를 전했다. 어차피 고정이 아닌 주기적으로 바뀌는 것이기에, 이번 한 번에 한해서는 얼마든 넘겨줄 수 있는 정보였다.

'시작했겠군.'

세트란은 문득 자신의 선택에 대한 회의감이 밀려들었다. 5왕비라는 직책을 지니고서, 아들을 왕좌에 앉히기 위해 이런저런 노력을 아끼지 않았지만, 최근에 들어서는 그 열정의 방향성이 어긋난 것이 아닌가 하는 의문과 의심이 들고는 했다.

수인족의 일원으로써 교육을 받고 자라온 까닭에, 신성스러운 동물인 백호를 거래의 대상으로써 사용한다는 부분에서 심적 거슬림을 느끼게 만들었다.

이미 한 팔 거들었기에 이제와 모른 척 하기에는 어려웠지만, 그럼에도 불구하고 여전히 내적 갈등이 이는 건 어쩔 수가 없었다.

아침이 밝아왔음에도 여전한 피로감에 괜스레 눈꺼풀만 무거워져갔다.

※ ✛ ※

기다리던 이들의 방문이라는 걸 한눈에 알아봤다.

'정원사, 요리사, 청소부….'

이미 이곳 연무장과는 너무 안 어울리는 가지각색의 복장에서 저들은 그야말로 의심의 덩어리들이었다.

고개를 끄덕이던 에던이 문득 기이한 느낌에 눈살을 찌푸렸다.

'…납치 전담?'

그렇다고 보기에는 저들의 분위기가 왠지 심상찮아 보였다.

"사냥개?"

저도 모르게 흘러나온 한마디에 그들의 눈빛이 변하는 게 보였다. 그 순간 직감했다.

'사냥개!'

설마 싶었던 암전의 심판자라는 느낌이 와버렸다. 한때나마 그들과 생활했던 까닭에 거기까지 즉각적인 추론이 가능한 것이었다.

하지만 이 부분에서 한 차례 의혹이 뒤따랐다.

'분위기가 좀… 다른가?'

의문을 길게 이어갈 수는 없었다. 불청객들이 슬금슬금 거리를 좁혀오고 있던 까닭이었다.

찬찬히 그들의 숫자를 세어봤다.

'스물이라.'

바라지 않던 상황이었으나, 그나마 다행이라면 그들의 수가 양 발과 양 손으로 헤아릴 수 있을 정도라는 점이있다.

조금 무리를 한다면 피를 보는 상황만큼은 피할 수 있을 듯싶었다.

"누구냐?"

감시자가 버럭 성을 내면서 먼저 앞으로 나섰고, 기다렸다는 듯 에트라인의 그림자들이 모습을 드러내며 그들 주인의 주변을 감쌌다.

이런 그들의 일사 분란한 모습에 에던이 슬쩍 고개를 저었다.

'기왕이면 여기까지 안 오게 했으면 좋잖아.'

물론, 저들 암전의 능력을 아는 까닭에, 막아서기가 쉽지 않았을 거란 추측 정도는 가능했다. 아마도 충분히 저들의 발목을 잡는 이들이 있었을 것이다.

그럼에도 불구하고 암전의 침투력이 더 좋았을 뿐이리라.

실제로 이 연무장 바깥에도 상당수의 호위들이 대기 중이었다. 하지만 저들은 이곳까지 발을 들였다. 그 의미는 간단했다.

'못… 막았나.'

외부의 호위들이 어찌 되었을지는 충분히 짐작 가능한 부분이었다.

슬쩍 앞으로 나선 에던이 감시자의 어깨에 손을 짚으며 말을 건넸다.

"아직 수업중이니까. 기왕이면 참관만 해줬으면 좋겠는데."

"그 무슨 말도 안 되는 말씀을 하십니까? 지금 이 상황에 수업이라니요. 당장 저들을…."

"아아… 됐고. 공주저하께서 내 수업에 관해서는 전부 일임한다고 들었던 것 같은데. 그러면 지금 이 상황도 수업으로 구성해도 문제 될 건 없지 않을까?"

왕족의 스승이라는 지위를 얻은 덕분에 나름 유쾌했던 걸 꼽으라면, 과거라면 올려다보기만 해야 했던 기사들에게 이처럼 마음껏 하대를 할 수 있다는 점이었다.

"설마, 지금 상황을 모르시는 겁니까?"

"설마, 지금 상황을 모르겠습니까?"

"……."

잠시, 둘 사이로 짙은 침묵이 내려앉았다. 하지만 이는 오래 갈 수 없었다. 불청객들은 그들의 상황에 관계없이 거리를 좁혀오고 있던 까닭이었다.

그 순간 에던의 손이 움직였다.

파파파팍…

거치대로 돌아가지 못했던 병장기들이 일제히 솟아오르더니, 저 멀리 다가들던 불청객들의 진로에 끼어들었다.

가벼운 단검수준의 무기들도 많았지만, 그 외에도 칼을 비롯한 창이나 방패 같은 무거운 병장기들도 가득했다.

이 많은 걸 몸에 걸치려 했으니, 얼마나 그의 볼골이 우스웠겠는가. 다시 생각해도 민망한 순간이었다.

그렇게 하나하나 일일이 병기들을 내던져 그들의 접근을 한 차례 막은 에던이 전방으로 걸음을 디디며 입을 열었다.

"앞서 말씀드렸듯이, 오늘 수업은 실전에 대한 고찰입니다. 잘 보고 많은 생각에 생각을 거듭하시길 바랍니다."

그러며 훌쩍 몸을 날려버리는데, 감시자를 비롯한 그림자들은 짧은 갈등 끝에 우선은 자리를 지키기로 결정했다.

굳이 수업이라는 걸 강조하면서까지 그들을 막아서는 에던의 자심감이 그들로 하여금 한 차례 주저함을 남긴 것이다.

게다가 은연중에 궁금증이 일기도 했다.

'어디, 얼마나 대단한지, 한 번 구경이나 해 보자!'

감시자의 경우에는 에던의 정체를 알고 있고 거기에 더해, 해적섬에서 그 실력도 한 차례 겪어봤었으나, 에트라인의 그림자들은 그저 '사신'이라는 정보 하나만 지니고 있는 상황이었다.

때문에 이 기회를 통해 외부에서 초청한 검술선생의 실력을 직접 확인하려는 생각도 있었다.

찰나의 순간,

불청객들과 에던의 신형이 겹쳐들었다.

❖ ✜ ❖

당장은 지켜보기만 할 생각이었다.

하지만 이게 웬일?

'거 참…'

뜻밖의 방문객들이 그를 중심으로 다가들고 있음을 알았다.

'오랜만에 제대로 몸 좀 풀겠군.'

리베이트는 가벼운 실소와 함께 자리에서 일어났다. 그리고는 천천히 그의 전용 연무장으로 향했다.

등 뒤로 밀려드는 음습한 공기를 찬찬히 음미하듯, 그렇게 느긋하니 그만의 공간으로 발을 들였다.

오로지 스페렌의 국왕만을 위한 장소로써, 이곳은 그의 호위들도 함부로 발을 들일 수 있는 장소가 아니었다.

만약, 왕의 허락도 없이 발을 들이는 이가 있다면, 즉격적인 심판이 가능한 것이다.

무대에 선 주인공은 그 '만약'을 실천하려는 불청객들을 기다리며 가볍게 몸을 풀었다.

'기왕이면 방문객이 없었으면 싶지만….'

그의 호위들은 침입자들을 제대로 막아서지 못할 터였다. 기본적으로 역대 왕들의 그림자에 비해서 그 숫자가 많지 않기도 했지만, 그나마도 외부 활동을 하라고 내보낸 경우가 대부분인 까닭이었다.

애초에 스페렌 최강자인 그를 누가 보호한단 말인가.

이 같은 주장을 내세우며 그림자들에게 조금 더 자유로운 생활을 허락한 것이다.

루딘 용병단 시절부터 함께했던 이들이 태반인지라, 그 같은 발언이 어렵지 않게 먹혀들 수 있었다.

물론, 소수라고는 하나 정예라는 건 자신했다.

하지만 밀려드는 공기의 흐름을 헤아려 보니, 아무리 생각해도 그의 호위들로는 감당하기 어려운 숫자라고 여겨졌다.

'그래도 절반 정도는 떨쳐낼 수 있겠군.'

내심 아쉬운 마음이 들면서도 유쾌한 기분이 드는 이유를 굳이 꼽으라면, 다가드는 이들이 그를 '목표'로 오는 침입자 혹은 암살자라는 점이었다.

에던과의 만남에서 전부 쏟아내지 못했던 '폭력성'을 한 껏 내비칠 수 있을 거란 생각에, 절로 감정이 고조되는 것이다.

그렇게 얼마나 기다렸을까?

끼이이익…

저 앞으로 연무장의 문이 열리는 게 보였다. 비밀통로가 따로 존재하기는 하나, 당장 알려진 입구는 저 하나 뿐이었다.

가지각색의 복장들을 한 불청객들의 모습을 보며, 리베이트의 입 꼬리가 올라갔다.

'암전…'

분명히 그들일 거라 여겼다. 하지만 풍기는 기운이 조금 달랐다.

헌데, 이 낯설지 않는 느낌은 무엇일까?

머릿속을 뒤적이던 그의 얼굴에서 점차적으로 미소가 사라지고, 싸늘한 한기가 가득 내려앉기 시작했다.

떠오르는 기억이 있던 까닭이었다.

"…망자?"

그 순간 불청객들의 후미에서 반응이 흘러나왔다.

"하…?"

나직한 탄성과 함께 기사복장의 사내 한명이 앞으로 나오는 게 보였다.

리베이트의 시선이 그에게로 향할 때, 기사가 마주침과

동시에 물어왔다.

"어떻게 그 단어를 아는 거지?"

"누구냐?"

질문에 질문으로 응수하는 리베이트의 모습에, 한 차례 눈살을 찌푸리던 기사가 짧게 답했다.

"원로회라고 하면 알려나?"

"그렇군."

대답 덕분에 암전이라는 확신을 얻었다. 애초에 '망자' 들을 눈에 담는 순간, 그들일 거란 의심이 더욱 커진 상황이기도 했었다.

이 같은 부분을 알기에, 기사, 원로회의 에일 역시도 선뜻 답을 내어준 것이었다.

"기왕이면 내 질문에도 답을 해 줬으면 좋겠는데. 어떻게 망자에 대해서 알고 있는 거지?"

그의 물음에 리베이트가 짧게 답했다.

"경험해 봤으니까."

순간, 에일의 동공이 크게 확장됐다.

"경험…해?"

바르르 떨리는 에일의 입술에서 그의 격한 감정이 전해져왔다.

"…루딘과는 무슨 관계냐?"

재차 이어지는 물음에 리베이트는 그저 싸늘한 웃음으로 답변을 대신할 뿐이었다.

충분한 답변이 되었음일까?

"으득!"

에일의 두 눈 위로 뜨거운 불길이 타오르기 시작했다.

"빌어먹을 루딘 놈들!"

그들로 인해 '망자'의 '탈혼' 계획이 무려 10여년 이상 지체되었고, 그 이후로도 10여년의 세월이 더 흘러서야 성과를 낼 수 있었다.

이런 그의 반응에 리베이트 역시 불같은 열기를 내뿜으며 날카로운 이빨을 드러냈다.

"지랄 같은 암전 놈들!"

기어이 망자를 탄생시킨 저들의 집념에 속이 부글부글 끓었다.

젊은 시절, 루딘 용병단의 단장으로 활동하던 당시, 우연찮게 저들 암전의 비밀시설을 타격했던 시기가 있었다.

던전을 탐사한다는 목적으로 움직였건만, 본의 아니게 저들과의 마찰로 이어진 것인데, 거기에서 '망자탈혼'이라고 불리는 특이한 인체실험을 하고 있음을 알았다.

고대로부터 죽은 이들을 일으켜 세우는 역행의 마법이나 주술들은 여럿 있었다.

일명 사자소생의 술법이라고도 불리는 것으로써, 대개 이렇게 깨어난 이들은 저주받은 언데드로 불리고는 했다.

저들은 이를 반대로 꿰어서 비슷한 결과물을 내어놨다.

산자생멸!

말 그대로 산자의 생기를 없애서 언데드와 비슷하게 만드는 것이었다.

더더욱 놀라운 건, 그렇게 사라진 생기가 오롯이 '괴력'으로 전환되어 망자의 능력을 극한까지 끌어올린다는 점이었다.

당시, 시설에는 망자탈혼에 대한 실험이 한창이었는데, 루딘 용병단은 이 불완전한 망자들을 상대로 하면서, 그 인원이 대폭 축소되는 경험을 맛봐야만 했다.

그리고 이 때에 리베이트는 평생을 함께 해 왔던 그림자들의 절반을 잃었고, 이를 기점으로 루딘은 암전을 철천지원수로써 대하게 된 것이었다.

그나마 다행이었다면, 당시 그 시설의 모든 자료와 실험체들을 통째로 불살랐다는 부분이었다.

물론, 그럼에도 불구하고 동료들을 잃은 원한을 묻는다는 의미는 아니었다.

"으드득!"

이 같은 이유로 인해 리베이트와 에일 두 사내의 눈가에서 불꽃이 튀는 것이기도 했다.

리베이트는 찬찬히 불청객들을 살폈다.

'망자가 마흔 여덟이라.'

당연하게도 에일을 제외한 숫자였다. 더 있는 듯싶었으나, 그들의 경우에는 그림자들에 의해 발길이 묶여있는 것으로 짐작됐다.

'녀석들도 눈치 챘겠지.'

그의 그림자들 중 상당수가 한 때 루딘으로 활동했던 경험이 있었고, 그들은 옛 전우와의 이별을 잊은 적이 없었다.

당연하게도 저들의 기운 역시도 빠르게 기억해냈을 터였다. 현재 왕실 내에 머물고 있는 그림자들의 숫자는 정확히 10명이었고, 그들 개개인이 고위기사에 달하는 실력자들이기도 했다.

느껴지는 상대의 기운으로 짐작컨대, 많은 수를 감당하기는 어려울 거라 여겼다.

'둘? 셋?'

그림자들에게 잡힌 수를 추측컨대, 대략 2~30명 정도는 될 듯싶었다.

"이거 참, 생각지도 못한 재회라고 해야 하려나. 기분이 짜릿한데!"

그 순간 피어오르는 저릿한 기세가 에일로 하여금 뒷걸음질을 치게 만들었다. 망자들 역시도 거기에서 자유롭기는 어려웠던 듯, 두어 걸음 물러나야만 했다.

이런 망자들의 반응에 에일의 눈가에 이채가 스쳐갔다.

'역시….'

설마설마 싶었던 가정이 맞을지도 모른다는 결론이 나왔다.

'…초월자!'

감정적인 거세가 이뤄진 망자들이 저 같은 반응을 보인

다는 게, 인지능력의 영역 바깥에서 이뤄지는 위압이라는 의미였고, 이는 초인의 압력을 연상시키기에 충분했다.

그렇다면 이젠 그들이 준비한 조커가 얼마만큼의 가치가 있는지를 확인할 시간이었다.

❁ ✢ ❁

거리가 좁혀지는 순간, 에던이 먼저 한 일은 앞으로 구르는 것이었다.

당연하게도 그의 갑작스런 행동은 불청객들의 시선을 잡아끌었고, 잠시나마 시야의 사각을 넓혔다.

이를 틈타서 에던의 발뒤꿈치가 한 차례 주변에 박혀있던 검을 차 올렸고, 시야의 사각 너머로 검 하나가 빙글빙글 날아올랐다.

하지만 불청객들 중 몇몇은 이를 놓치지 않았다. 이를 들켰다고 해서 크게 상관은 없었다. 애초에 저들의 시야에 혼선을 빚기 위한 행동일 뿐이었기 때문이다.

바닥에 너부러진 암기 중 하나를 손에 쥐고 신형이 바로 잡히는 순간 내던졌다.

따다당!

나름 의외성 실린 공격이었으나, 너무 손쉽게 막히는 암기들이 보였다. 그와 동시에 불청객들 역시도 각자의 병장기를 뽑아들며 몸을 던져왔다.

그 순간 자리에서 훌쩍 뛰어오른 에던이 떨어져 내리던 검을 발로 걷어찼다.

타앙!

마치 암기처럼 쏘아져 나가는 그 검의 속도와 기세는 앞서 날렸던 암기에 비할 바가 아니었다.

이번만큼은 막기보다는 피하기로 결정한 듯, 일제히 몸을 좌우로 빼내는데, 그 틈을 타 에던의 손이 주변의 다른 병장기를 집어 들었다.

이번에는 창이었다.

'피를 볼 생각은 없으니까.'

긴 간격을 이용해서 아주 단순한 찌르기를 선보였다. 하지만 아주 당연하가는 듯 피하며, 그 창대를 쥐고 베어서 잘라내는 게 보였다.

그 순간 에던이 걸음을 내딛더니, 그대로 한 차례 더 어깨를 찔러 넣으며 창을 쑤욱 밀었다.

동시에 손목을 빙글 돌리자, 회전력이 더해지며 창대를 잡고 있던 불청객이 일순간 이를 손에서 놓쳤고, 자연히 어깨가 열리는 자세가 되어버렸다.

이미 창날이 사라진 상황이니 만큼, 주저 없이 그곳에 찔러 넣었다.

빠악!

묵직한 타격성과 함께 허공을 부유하는 사내의 모습이 보였다.

이를 확인하지 않은 채, 새로운 목표물을 향해 창대를 돌렸다. 손끝에 전해진 감각을 통해, 상대의 상태를 짐작하는 게 가능했다.

'이 정도면… 어깨가 박살났겠네.'

새 목표물을 노리는 건 어렵지가 않았다. 창날이 잘려나갔다고는 하나, 여전히 그 길이는 여타의 병장기들을 앞도하기에 충분했다.

"개 잡는 데는 몽둥이가 딱이지!"

사냥개들을 지칭하는 도발을 내던지며 그의 창이 간격을 유지하며 요란스럽게 좌우로 휘몰아쳤다.

얼핏 두서없는 몸놀림 같아 보였으나, 지켜보던 감시자를 비롯한 에트라인의 호위들은 작게 탄성을 내질러야만 했다.

그 동작 하나하나에서 느껴지는 절도를 읽어낸 까닭이었다. 수인족의 피를 깨웠다고는 하나, 야성의 감각에만 의존하는 게 아닌 만큼, 그들도 기사의 공부를 훌륭히 수행하는 이들이었다.

당연하게도 창술과 관련된 공부 역시도 부족하지 않게 익혔다.

정확한 흐름은 읽어내기 어려웠으나, 두서없는 동작 하나하나에 담긴 절도와 끊이지 않는 연계가 그들로 하여금 감탄사를 터트리게 만들 정도로 훌륭했다.

'공방일체!'

그 단어가 절로 생각나게 만드는 창술이었다. 공격과 동시에 방어가 이뤄지고 있었다. 창, 이제는 봉이라고 해야할 병기의 간격을 그야말로 철저히 이용하는 모습이었다.

그 때문일까?

불청객들은 선뜻 에던의 간격 너머로 발을 들이지 못한채, 연신 뒷걸음질을 치며 방어에 전념하기 바빠 보였다.

하지만 그 와중에도 기어이 간격을 넘는 이들이 존재했는데, 그 순간 이어지는 에던의 반응이 또 탄성을 일으켰다.

따앙!

발끝에 걸리는 흙을 차내는 듯 보이는 동작이었으나, 거기에 걸린 건, 흙이나 모래가 아닌 암기류의 단검이었다. 마치 이 순간을 위해 그곳에 배치한 건 아닐까 싶을 정도로 절묘했다.

뿐만 아니라, 에던의 봉을 피하다가도 여기저기 박혀있는 병장기에 걸리고 막혀, 한 차례씩 움찔하는 장면들이 특히 인상적이었다.

지켜보던 감시자와 호위들의 눈가에 이채가 스쳤다.

'이건, 마치….'

난전을 보는 것 같은 박진감은 무엇이란 말인가.

자연스레 그들의 시선이 호위 대상인 에트라인에게로 향했다.

아직까지는 피가 튀지도 않았고, 이렇다 할 잔혹한 장면이 나오지도 않았기 때문일까?

평소, 수업을 듣던 자세 그대로 에던의 전투를 응시하고 있는 모습이 보였다.

중간중간 묵직한 타격소리와 함께 불청객들이 넘어가는 장면들이 나오고 있긴 했으나, 외형적으로는 특별히 잔혹하게 비치진 않았다.

지켜보던 감시자와 호위들도 지금 이 순간이, 마치 다수와의 전투에 대한 수업을 진행하고 있는 건 아닐까 싶은 착각마저 들려고 했다.

그리고 이 즈음에서 한 차례 변화가 발생했다.

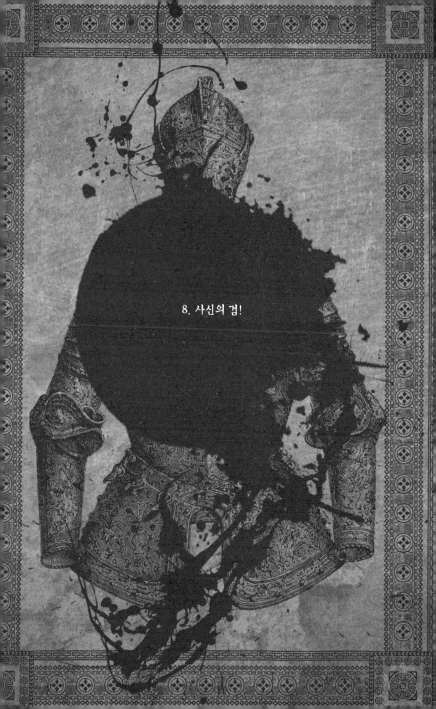

8. 사신의 검!

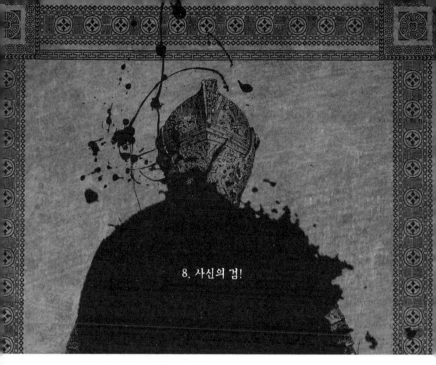

8. 사신의 검!

　리베이트의 특징을 들자면, 그야말로 막을 수 없는 일격이었다.

　애초에 막으려는 생각 자체가 문제라고 여겨질 만큼, 강렬한 그의 공격은 회피가 아니라면, 감히 닿을 생각조차도 하지 않는 게 좋았다.

　막아도 뚫고 들어오는 까닭이었다.

　방패를 세우면 방패까지 함께 박살을 내는 게 그의 말도 안 되는 파괴력이었다.

　영수 대흑갑의 능력과 타고난 신력 거기에 더해 스스로 쌓아올린 실력이 어우러진 결과물로써, 오래전 그가 루딘으로 활동하던 당시에는 그 풍압만으로도 각혈을 했다는 식의 웃기지도 않는 소문이 있을 정도였다.

이 절대적인 파괴력에 벌써 10명이 넘는 망자들이 당했고, 거북스러운 타격성과 함께 바닥을 뒹굴었다.

대개 이 정도쯤 되면 숨이 끊어지거나, 다시는 일어서지 못할 정도의 중상을 입는 게 보통이었다.

하지만 이게 웬일?

'역시… 일어나는군.'

리베이트는 눈을 빛내며 그에게 당했던 이들을 바라봤다. 분명히 손맛은 확실했건만, 꾸역꾸역 자리에서 일어나고 있는 그들의 모습이 보였다.

뿐만 아니라 멍들고 박살난 듯 보였던 상처부위가 빠른 속도로 회복되는 것 역시 확인할 수 있었다.

'…이 정도로는 끝낼 수 없다 이거지.'

과거의 경험으로 인해, 저 말도 안 되는 회복력에도 당황하지 않았다.

생기를 괴력으로 바꿀 뿐만 아니라, 저처럼 육체적인 회복력으로도 사용하는 것으로써, 저들을 쓰러트릴 방법은 아주 간단했다.

'회복을 할 수 없게 만드는 것!'

옛 경험으로 알아낸 해결책이었다.

생명의 기운이라는 게 무한정 쏟아져 나오는 게 아닌 만큼, 끝없이 부상을 입고 회복을 하다 보면, 결국 한계에 봉착하기 마련이었다.

더는 회복할 여력이 없을 때가 저들의 마지막이었다.

당연하게도 동일한 방법이되 아주 간단한 해결책도 있었다. 단칼에 목을 베어내는 것이나.

'심장만으로는 안 되지.'

과거, 심장을 꿰뚫렸던 망자가 여전한 모습으로 반격하던 기억을 떠올렸다. 거기에서 당황하여 상당수의 동료가 쓰러지기도 했었다.

"그래! 오랜만에 아주 화끈하게 피를 보겠구나."

시원한 외침과 함께 다시금 리베이트가 달려들었고, 망자들이 흩뿌리는 죽음의 공기가 사납게 갈라지기 시작했다.

멀찍이서 리베이트의 전투를 지켜보던 에일은 낮은 침음성과 함께 입술을 잘근 씹었다.

'과연… 초월자라 이건가.'

어느 정도는 예상하고 있었으나, 막상 그 능력을 마주하고 나자 등골이 오싹해지는 건 어쩔 수가 없었다.

그와 동시에 일말의 아쉬움이 밀려들었다.

전력의 대부분을 이곳으로 집중시켰더라면, 원하던 결과를 내어놓을 수 있었을 거란 생각 때문이었다.

절반가량이 떨어져 나갔다는 부분이 새삼 아쉬웠다.

[신수 백호? 8왕자 에트라인?]

1차 목표가 그들이라면, 2차는 국왕 리베이트였다.

하지만 결론적으로 이야기를 하자면, 결국 국왕 리베이트야말로 그들 암전의 주된 목표물이었다.

도대체 무슨 생각으로, 어떤 의도로 북 대륙의 강국이라는 스페렌의 국왕에게 암수를 뻗은 것일까?

'스페렌의 국왕이기 때문이지!'

에일은 이번 원로회의 결정을 떠올리며 작게 고개를 끄덕였다.

북 대륙을 대표하는 강국이라고는 하나, 기이한 건 그들의 발언권이 생각보다 한정적인 영역에서만 작용한다는 점이었다.

이유는 간단했다.

그들 스페렌이 혈족 중심으로 이뤄진 왕국이라는 것과 그로 인해서 영토가 넓지 않다는 부분 때문이었다.

국경을 걸치고 있는 주변국을 제외하면, 스페렌의 이야기에 귀를 기울이는 국가가 별로 없는 것이다.

알려진 것과 달리 북 대륙에 대한 실질적인 권한이 적은 왕국이라는 점에서, 그들 암전이 노리기에 충분하다는 결론이 나왔다.

거기에 더해, 상대가 초월자 혹은 그에 근접한 실력자라는 부분까지, 그들이 원하는 조건에 딱 들어맞았다.

특히, 가장 결정적인 건 스페렌의 국왕 리베이트를 상대로 들어오는 의뢰가 제법 많다는 점이었다.

주변국을 비롯하여 거리가 있어서 영향력이 크게 미치지

않는 곳, 거기에 더해 스페렌 왕국 내부에서까지, 다방면에 걸쳐 의뢰가 밀려들었다.

지금의 단합된 스페렌이 있기까지, 결정적 역할을 한 게 바로 리베이트 국왕이었던 까닭이었다.

우습게도 의뢰는 하나였지만, 계약금은 여럿이며 또 하나같이 그 금액이 어마어마한 것이다. 여러모로 놓칠 수 없는 목표물이 바로 리베이트였다.

이런 상황에서 시기적절하게 백호와 에트라인의 의뢰까지 끼어들며 기회를 제공해 주니, 어찌 이를 놓치겠는가.

게다가 초월자 혹은 그와 비슷한 실력자를 상대로 하는 실험은 여러모로 값어치가 있었다.

다양한 국가 및 세력들이 초월자를 상대하기 위한 방책을 준비 중에 있었다.

최근, 대륙을 크게 흔들었던 국가 간의 전쟁인 에벨린과 마르센 그리고 라카타루의 전쟁에서, 에벨린의 초월자인 루드말 드라필만을 상대하고자 라카타루가 은밀히 꺼내들었던 '병살대' 역시 거기에 포함되는 전력이었다.

키메라로 분류되는 그들을 비롯하여 다양한 실험체들이, 일인군단으로 불리는 초월자를 상대하기 위한 방책으로써 마련되고 있는 것이다.

암전의 경우에는 '망자'들이 바로 그 방책의 하나였다.

'사냥개도 나쁘지는 않지만….'

그들은 육성기간이 너무 길었고, 제대로 통제하기가 어려웠다는 치명적인 문제점이 있었다.

　'설마, 정말로 스페렌의 국왕이 초월자일 줄은 몰랐지만.'

　오늘의 결과가 성공이건 실패건 상관은 없었다. 지금 이 상황들이 정보가 돼서, 망자들의 새로운 전략과 전술로써 이용될 것이기 때문이었다.

　'성공이라면 더 좋겠지만….'

　지금까지 상황으로 판단하기에는 실패의 예감이 더욱 강했다.

　'아직, 망자들은 완성품이 아닌, 실험단계에 있으니까.'

　상대가 초월자가 아니었다면, 충분히 성공적인 결과물을 내어놓았을 것이나, 안타깝게도 상황이 거기까지는 허락하지 않을 모양이었다.

　게다가 이번 임무는 실패를 한다고 해서 위약금을 물거나 하는 위험성도 없었다.

　아무래도 상대가 상대인 만큼, 의뢰를 한 측에서도 일정 부분은 양보를 하는 것이다.

　'망자들에 대해서 들킨 건 실책이지만….'

　아마도 이 부분에서 큰 질책을 받게 될 거라 여겼다. 들키지만 않았더라도, 그의 정체를 밝히지 않았을 테고, 자연스레 암전이 아닌 다른 단체로 속여 넘길 수 있었을 것이다.

하지만 안타깝게도 이 같은 계획이 무산되어 버렸으니, 여러모로 아쉬움이 클 수밖에 없었다.

'리베이트 가헨 루−스페렌!'

에일은 눈앞의 전투를 바라보며, 새삼스레 그 이름을 머릿속으로 되뇌었다.

루딘과 관계가 있다는 부분에서 이미 암전의 걸림돌이었으며, 지금의 상황으로 인해 두고두고 걸림돌이 될 확률이 높을 거라는 예감을 한 까닭이었다.

콰아아앙!

아찔한 폭음과 함께 망자들이 사방으로 튕겨나가는 게 보였다.

그와 동시에 에일의 머릿속에는 초월자와 망자의 대결을 위한 정보들이 차곡차곡 쌓여나가고 있었다.

❈ ✛ ❈

사냥개가 있다면 몰이꾼이 있듯, 망자들 역시 그와 비슷한 이들이 존재했다.

망자가 사냥개로 위장했듯, 그들은 몰이꾼으로써 뒤를 따랐는데, 임무의 특성상 그 수가 많지는 않았다.

기존 임무형식과 달리, 사냥개의 숫자의 반의반도 안 됐다.

에일이 이번 임무의 총책임자라면, 이들은 망자들을

감시하는 이들로써, 원로회에서 붙여놓은 그들의 눈과 귀로써, 일종의 정보원이라고 생각할 수 있었다.

당연하게도 백호와 에트라인이 자리한 연무장에도 정보원들의 시선은 닿아있었는데, 의외로 그들이 중점적으로 지켜보는 건 망자가 아닌 그 대적자였다.

'에던 파인드!'

그를 관찰하는 게 정보원들의 주된 목적이었다.

[사신이 맞는지 확인하라!]

정보원들에게 내려진 임무였다.

백호를 노리는 것도 잊진 않았지만, 에트라인과 그 주변의 호위들 때문에 당장은 이를 수행하기가 어려움을 알기에, 에던에게 집중하고 있었다.

'사신, 운트?'

때문에 의문을 느낄 수밖에 없었다.

일격, 필살!

그야말로 사신을 대변하는 단어였다. 하지만 지금의 상황을 보고 있노라면, 에던 파인드라는 사내에게서 사신과의 연관성을 찾아보기란 어려워 보였다.

'실력은 뛰어나지만….'

그와 달리 필살의 일격은 없었다. 애초에 상대를 죽이려는 독심 자체가 보이질 않았다.

그저, '제압'하려 할 뿐이었다.

당연하게도 그 자비로운 손속은 사냥개로 위장하고 있는

망자들을 다시 일으켜 세우기에 충분했다.

숨이 끊겨져도 다시금 강제로 이어붙이는 게 바로 망자들이었다. 겨우 뼈가 부러지고 근육이 비틀리는 정도로 그들을 쓰러트리는 건 무리였다.

제압은 그들에게 통용되는 단어가 아니었다.

'사신, 운트?'

의문은 의심이 되어, 점차적으로 그들의 머릿속에서 에던 파인드라는 사내와 사신의 거리감을 넓혀가고 있었다.

❀ ✣ ❀

깜짝 놀랐다는 말로도 부족했다.

'일어났다고?'

그야말로 치명적이라 할 만한 일격을 맞았건만, 자리에서 멀쩡히 일어나더니 그대로 달려드는 걸 봤다.

더욱 놀라운 건, 박살난 어깨뼈를 크게 흔들고 있다는 점이었다.

에던은 경악스런 광경 속에서도 침착히 대응했다. 일순 봉 끝이 흐트러지며 간격이 좁혀졌지만, 오랜 전장의 경험을 되살리며 두어 걸음 빠지는 것으로써 다시금 간격을 유지했다.

허나, 임기응변만으로는 감당하기 어려운 실력자들이었던지, 결국 밀려드는 상대의 합공에 봉이 갈라지며 간격이 날아가 버렸다.

'쯧!'

짧게 혀를 차면서도 지체 없이 다음을 위한 동작을 수행했다.

발끝에 걸리는 흙을 차올리며 시야를 일부 차단한 뒤, 암기마냥 봉을 던지고, 그 잠깐의 기회를 틈타서 너부러진 병기중 하나를 손에 쥐었다.

가장 가까이에 있던 걸 잡았는데, 수비를 위해 마련된 방패였다.

이를 어떻게 활용할 것인가.

지켜보던 이들의 눈에 불이 들어올 때, 에던은 과감히 몸을 던졌다.

그리 큰 방패는 아니었다. 몸을 한껏 웅크려야 겨우 상체 일부를 가릴 수 있는 정도랄까?

에던은 그 작은 공간에 최대한 몸을 구겨 넣으며, 상대의 시야에서 자신의 육신을 최대한 지웠다.

그리고는 그대로 들이받았다.

수비가 아닌 공격!

콰앙!

한 순간, 마법이 폭발하는 듯 짜릿한 폭음과 함께, 망자가 날아올랐다. 방패에 한껏 몸을 구겨 넣은 까닭일까?

그 안에 담겨있는 파괴력은 그야말로 에던 그 자체와도 같았다.

거기에 더해 발끝을 비틀고 그 회전력을 한껏 육신으로 올려 보낸 덕분일까?

찰나의 순간, 그의 육신은 마치 성벽을 허물 때 사용되는 거대 망치인 '배터링 램'과 같은 파괴력을 연출하기에 충분했다.

에던은 거기서 멈추지 않은 채, 재차 몸을 내던지며 돌격했다. 방패에 몸을 실어 내던지면서 또 다시 회전력을 실어 상대를 몸통채로 가격했다.

콰아앙!

한 번의 돌진 후 밀려드는 여파는 허리를 튕겨 흩어 보낸 뒤, 다시금 그 반동을 이용해 앞으로 전진, 또 전진했다.

망자들은 이런 그의 저돌적인 돌진을 막고자 공격을 하려다가도, 전면을 가리고 밀려드는 방패를 보고 있노라면, 선뜻 검을 내뻗기가 어려웠다.

겨우겨우 상체 일부나 가릴법한 규모의 방패건만, 어째서인지 지금 이 순간만큼은 에던의 상체뿐만 아니라, 전신을 통째로 지워내고 있었다.

콰아아앙!

일순, 검 끝에 주저함이 머무는 사이 또 다시 에던이 방패를 쳐냈고, 다시금 망자가 허공으로 치솟았다.

분명히 만족스런 파괴력이 나오고 있었지만, 에던의 표정이 썩 좋아 보이지는 않았다.

저 멀리 바닥을 구르던 망자들이 꾸역꾸역 몸을 일으키는 걸 본 까닭이었다. 결과가 생각보다 시원찮다는 생각을 한 것이다.

'…대체, 뭐야?'

문득, 생각나는 단어가 있었다.

'언데드…?'

한 때, 의뢰를 수행하다가 마주친 적이 있는 걸어 다니는 시체들과의 전투가 떠올랐다.

당연하게도 외형적으로는 전혀 닮은 부분이 없었다. 하지만 쓰러트리고 또 쓰러트려도 별 일 없었다는 듯, 다시금 일어나 달려드는 부분이, 흡사 그들 저주받은 죽음의 사자들을 연상시키게 만들었다.

그렇게 길지 않은 전투였지만, 생각보다 체력 소모가 극심했다.

특히, 방패를 이용한 공격은 전신을 크게 사용하는 것이니 만큼, 그 체력적 부담감이 배는 더해질 수밖에 없었다.

굵직한 땀방울이 전신을 적시는 게 그 증거였다.

'어쩔 수 없나.'

잠시간의 갈등 끝에, 에던이 방패를 내려놓았다.

스릉…

그리고는 검을 하나 집어 들었다.

불청객들을 '제압'에서 '제거'로!

마음가짐을 달리하는 순간이었다.

심적 변화 때문일까?

한순간에 에던의 분위기가 바뀌었고, 주변의 공기까지 그에 호응하듯 무겁게 변화하기 시작했다.

그리고 이 같은 에던의 각오는 망자들로 하여금 일말의 망설임을 불러일으키는 작용으로 이어졌다.

'설마… 망자들이 물러난 건가?'

지켜보던 정보원들의 눈가에 이채가 띄었다.

고위기사들을 상대로도 두려움을 모르던 이들이 바로 망자들이었다.

저 같은 반응을 보인다는 건, 상대가 최소한 고위기사 이상이라는 의미였다.

'설마….'

말도 안 된다는 생각을 하면서도, 그들의 머릿속에는 동일한 단어만이 떠오를 뿐이었다.

'…초월자?'

얼핏 봐도 20대 중반에서 후반 정도였다. 그 나이에 초월자라는 건 있을 수 없는 일이었다.

그들의 정보에서는 레드문의 여왕이 그 같은 젊은 나이에 초월자라는 웃기지도 않는 이야기가 돌고 있기는 하나, 초월자의 나이는 외형으로 구분하기 어렵다는 결론 아래, 그들도 그저 불확실한 정보정도로 분류하고 있는 정보였다.

20대의 초월자?

말도 안 되는 일이었다. 때문에 연신 고개를 저으며 부정하는 것이기도 했다.

그리고 이 순간, 그들은 다시금 말도 안 되는 상황을 겪었다.

'눈이…'

'…마주쳤다고?'

돌연, 에던의 고개가 좌우로 돌아간다 싶더니, 그들 정보원들의 위치를 골라가며 한 차례씩 시선을 마주치고 간 것이다.

부르르르…

등골이 오싹해졌다.

그도 그렇게 이들 정보원들은 망자의 감시역이며 동시에 원로회의 눈과 귀의 역할을 하는 고위급 요원으로써, 그 은신을 위해 사용되는 방식이 남다른 까닭이었다.

그들 스스로도 뛰어난 은신 실력을 지녔지만, 거기에 더해 마법적인 물품까지 이용하며, 기척에 더해 소리 그리고 숨결에 온도까지 전부 지워낸 것이다.

말 그대로 세상에서 사라졌다고 봐도 과언이 아니었다.

헌데, 상대는 그런 그들을 일일이 훑고 지나갔다.

'꿀꺽…'

마른침이 절로 삼켜지는 경험에, 그들은 저도 모르게 몸을 물리고 있었다.

각오를 굳힌 까닭일까?

그 순간 에던의 시야에 담긴 세상이 변화했다.

생사를 논하는 순간이야말로 각성감각이 가장 활성화되는 시간이었다. 외면하던 죽음의 궤적이 시야로 잡혀들기 시작한 것이다.

문득, 에던의 눈가에 옅은 주름이 새겨졌다.

'느낌이….'

이런 적은 또 처음이었다.

상대는 분명 선임기사급의 능력을 보여주는 암전의 심판자들이었다.

'하지만….'

그럼에도 불구하고 이처럼 쉬워 보이는 이유가 무엇일까?

죽음으로 향하는 궤적이 너무도 선명하게 눈에 들어왔다. 대개 접전 중에나 드러나야 할 궤적이건만, 그저 대치만 하고 있는 지금 이 순간에도 쉴 새 없이 죽음으로의 이미지가 완성되고 있었다.

그뿐만이 아니었다.

'이렇게까지 선명한 건 또 처음이네….'

마치 실선처럼 그려질 궤적들이 이처럼 굵직하니 눈에 들어올 줄은 몰랐다.

[저것들을 어찌 해결해야 할까?]

그에 대한 고민이 허무하게, 놀랍도록 쉬운 길이 선명한 궤적과 함께 눈앞에 나타난 것이다.

하지만 당장 등 뒤의 시선이 걸렸다.

에트라인!

스스로 다짐하지 않았던가.

'피를 볼 수는 없는데….'

겨우 5살의 어린 아이에게는 지금 이 실전의 자극도 충분히 강렬하다고 여겼다.

그러면 어떻게 해야 할까?

검을 쥔 손끝에 갈등이 일어날 즈음, 변한 공기에 적응하기라도 한 듯, 불청객들이 하나 둘 걸음을 내딛기 시작했다.

첫 한 걸음이 어려웠을 뿐, 두 번째 부터는 속도가 더해지고 세 번째 걸음에는 어느새 신형을 내던지듯 쏘아 보내고 있었다.

찰나의 순간, 이미 간격을 허락했고, 죽음은 코앞까지 숨결을 디밀었다.

스릉…

동시에 에던의 검이 움직였다.

'어?'

반사적으로, 그야말로 본능에 가깝게 휘둘렀을 뿐이다. 때문에 스스로도 놀라고야 말았다.

'피가….'

튀지 않았다. 아무런 흔적도 없었다. 하지만 감각이 전해 줬다.

[베었다.]

번뜩이며 다가오는 불청객들의 사나운 이빨에, 생각은 길게 이어지지 못했다. 그저 검을 휘두를 뿐이었다.

마치, 한 판 춤사위를 벌이듯, 그렇게 불청객들 사이로 에던의 검이 휘적이며 지나갔다.

서로 마주하고 있던 위치가 바뀌었을 때, 춤사위는 끝을 맺었고, 거짓말처럼 불청객들의 무릎이 꺾이더니 그대로 무너져 내렸다.

마치 한 편의 연극이 끝나고 무대의 막이 내리듯, 그렇게 전투는 갑작스럽게 종장에 이르렀다.

"후우…."

그 안에서 무대의 주역은 나직한 한숨과 함께, 배우가 무대를 되돌아보듯, 자신이 벌였던 춤사위를 머릿속으로 되새겼다.

'…뭐였지?'

스스로도 알 수 없는 순간이었다. 피를 보면 안 된다는 생각을 강하게 하고 있을 때, 갑작스레 불청객들이 달려들었고, 무의식중에 검을 뽑고 휘두르며 베었다.

'그래… 베었어!'

하지만 피는 흐르지 않았다.

'베었는데⋯.'

대체, 뭘? 베었단 말인가.

지그시 두 눈을 반개한 채, 깊은 생각에 잠겨든 그 모습에서, 감히 건드릴 수 없는 기이한 공기와 무게감을 느꼈음일까?

무대가 막을 내렸음에도, 관객들은 조용히 숨을 삼키고 있을 뿐이었다.

❖ ✛ ❖

전율이 흘렀다.

'사신이다!'

그와 동시에 확신했다.

부정하던 생각을 뒤집는 건 아주 간단할 일이었다. 결과가 말해주는 까닭이었다.

'일격에 필살⋯.'

설마, 그 단어가 망자들에게도 허용될 줄은 몰랐다.

'⋯전해야 한다!'

그 생명력을 한계치까지 사용한 것도 아니건만, 저처럼 허무하게 쓰러질 줄은 몰랐다.

아니, 쓰러지는 것까지는 이해했다. 하지만 다시 일어날 줄을 모른다는 게 문제였다.

그들에게, 암전에게 있어서 이 문제는 그야말로 하늘이

무너지는 것과 같은 상황이었다.

무려 수십여 해의 노력이 물거품이 되는 것과 같은 까닭이었다.

망자들에게 문제가 발생했던 것일까?

'아니면….'

그가 특별한 것일까?

'만약….'

전자의 경우라면 차라리 나았다. 얼마든 개선의 여지가 있기 때문이었다. 하지만 후자의 경우라면?

'사신!'

이 사건이 원로회에 전해지는 순간, '사신'이라는 단어는 그들 암전에게 있어서, 루딘보다도 상위 목록에 놓이게 될 터였다.

'한시라도 빨리, 이 사실을….'

콰득!

발길을 돌리려는 찰나, 뒷목을 짓누르는 압박감을 느꼈다.

'크읍….'

당혹스런 와중에도 신음성을 겉으로 내뱉지는 않았다. 최후의 순간까지도 침묵할 줄 알아야, 원로회의 정보원이라 할 수 있었다.

꾸드드득…

강제적으로 머리가 돌아가는 게 느껴졌다. 동시에 뒷목을 움켜쥔 손의 주인을 눈에 담을 수 있었다.

'리베이트…'

확인과 동시에 절망감을 느꼈다.

"불청객은 꺼지실 시간이다."

그리고 어둠이 찾아들었다.

❖ ⊹ ❖

망자들을 처리하는 건 생각보다 오래 걸리지 않았다. 다른 초월자라면 모르겠으나, 대흑갑을 통해 절대적 방어력을 지니고 있는 덕분에, 맞으면서 치고 그렇게 부수고 박살내자, 그야말로 순식간에 전투가 종결지어졌다.

그리고 주변을 돌려 이 모든 상황의 원흉을 찾았다.

'내뺐군.'

기사복장을 했던 암전 원로회의 일원을 머릿속으로 되새기며, 급히 연무장을 나섰다.

그림자들의 상태를 확인하기 위함이었다.

전투를 끝낸 이들이 있는가 하면, 아직 한창인 이들도 있었는데, 다행스럽게도 사상자는 없어보였다.

리베이트의 합류와 동시에 그마저도 빠른 결말을 맞이할 수 있었다.

그리고 즉각 걸음을 옮겨, 8왕자 에트라인의 연무장으로 향했다.

저들, 암전의 목적이 그에게 있었음을 이제는 안다. 하지만 그럼에도 불구하고 최초 저들의 대상이 되었던 에트라인과 백호에 대한 걱정에 걸음을 재촉한 것이다.

상대가 차라리 암전의 심판자인 사냥개라면, 이렇게까지 걱정이 되지는 않을 터였다.

하지만 망자라는 걸 알아버린 이상, 그의 마음이 여전히 느긋하기란 어려웠다.

움직이는 중간중간 바삐 움직이는 왕실 기사단의 모습들이 보였다.

그의 예측처럼, 내부의 이상을 일찌감치 알아챈 몇몇 기사들이 주도해 움직이며, 상황의 변화를 살피고 정리하는 것이다.

만족스러운 반응속도는 아니었으나, 그렇다고 실망스러운 수준도 아니었다.

'뭐, 당장은 이 정도면….'

고개를 끄덕이며 조용히 그들을 지나친 리베이트는 단숨에 에트라인의 연무장에 발을 들였다.

그리고 볼 수 있었다.

'…사신의 검!'

그 외에 생각나는 단어가 없었다. 한판 춤사위가 지나는 길 너머에는 더 이상 살아 숨 쉬는 이들이 존재하지 않았다.

믿을 수 없게도, 그는 에던의 춤사위 끝에 저도 모르게 뒷걸음질을 치고 말았다.

겨우 한 발짝이었다.

하지만 분명한 건, 그가 물러났다는 것이다.

'내가… 두려움을 느꼈다고?'

부정하려 해도 등줄기를 타고 오르는 전율이 이를 허락하지 않았다.

그저 지켜본 것뿐이었건만, 에던의 춤사위 끝에 목 언저리가 서늘해지는 감각을 맛본 것이다.

베었다.

하지만 무엇을 베었는지는 모른다. 실제 시야에 담긴 에던의 검은 상대를 가볍게 스치고 지나가는 정도였다.

그러나 분명 그의 감각은 에던의 검에 망자가 베였다고 전해왔다.

'대체… 뭘?'

저 앞으로 에던이 가만히 두 눈을 반개한 채 고심에 빠진 모습이 보였다. 조금 전, 그 춤사위에서 무언가를 얻었음이리라.

'설마…'

혹시나 하는 마음이 솟구쳤다.

'…오르는가?'

그의 눈이 뜨였을 때, 어쩌면 세상은 새로운 별자리를 허락해야만 할지도 모른다는 예감이 들었다.

조용히 걸음을 옮겼다.

혹여, 그의 방해가 될지도 모른다는 생각에, 주변에 흐르는 불순한 공기들을 털어주려는 것이다.

은밀하지만 분명 이는 마나의 흐름이었다. 마법을 통해 은신하고 있는 이들이 있음을 알았다. 뿐만 아니라 음습한 기운까지 느껴지는 게, 지금 상황에 전혀 노움이 되지 않을 거라고 여겼다.

콰득!

그렇게 망자들을 따르던 정보원들이 조용히 숨을 거뒀고, 이 즈음 생각지도 못한 변화가 저 한편에서 일어나기 시작했다.

'허어….'

리베이트가 애써 신음성을 삼키며 시선을 던졌다.

'…에트라인?'

또 다른 변화의 중심에, 그의 막내아들이 서 있었다.

❈ ✛ ❈

아이는 스승이 생각에 빠진 순간부터, 아니 어쩌면 스승의 춤사위가 시작되었던 무렵부터, 이미 제정신이라고 하기 어려운 상태에 빠져 있었다.

스승 주변의 분위기 혹은 공기에 감화되기라도 하듯, 습관처럼 스승의 호흡을 따라잡았고, 그렇게 무의식중에 아이는 스승의 길을 쫓았다.

하지만 안타깝게도 아이는 스승의 길을 온전히 밟을 수 없었다.

천부적인 재능이 있다고는 하나, 아이의 나이는 이제 겨우 5살이었다. 경험을 비롯하여 다양한 특이점들까지 여러모로 스승과는 차이가 있는 까닭이었다.

때문에 이 즈음부터 아이의 '본능'은 스승을 따를 수 없다는 결론을 내렸고, 본능 스스로를 따르기 시작했다.

수인족의 피가 본격적으로 깨어나는 순간이었다.

눈에 띄는 변화가 일어나지는 않았다. 때문에 감시자를 비롯한 호위들 누구도 이를 알아채지는 못했다.

물론, 에던에게 시선을 빼앗기고 있던 이유도 컸다.

때문에 이 갑작스러운 각성의 순간을 참관하는 건, 국왕이며 부친인 리베이트 혼자밖에 없었다.

그것은 아주 작은 변화였다.

먼저 동공이 변했고, 얼굴위로 옅은 그늘이 새겨졌다. 그것은 마치 백호의 특유의 무늬를 생각하게 만드는 그늘이며 눈빛이었다.

하지만 이마저도 오래지 않아 사라지고, 다시금 본래의 모습으로 돌아왔다.

"후우우우…."

스승을 감싸던 기묘한 흐름이 흩어지는 순간, 아이도 잠에서 깨어나듯, 그렇게 각성의 영역에서 벗어났다.

이날, 세상에 처음으로 '사신의 검'이 모습을 드러냈다.

하지만 후대에는 '야수검'이 최초로 깨어났다고 알려진 날이기도 했다.

9. 별의 영역!

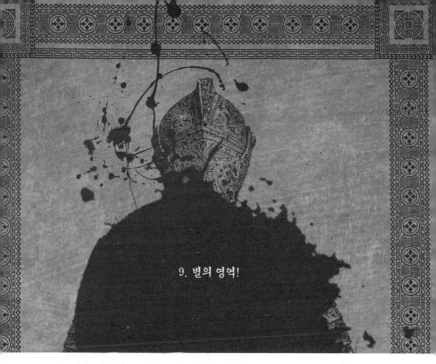

9. 별의 영역!

집중력이라는 건, 주변의 자그마한 소음만으로도 흐트러지는 경우가 많다.

에던 역시도 그와 비슷했다.

주변에 흐르는 남다른 이질적인 기운이 마치 작은 소음마냥 끼어들며, 그의 집중력을 연신 방해했던 것이다.

그것이 마나며 마법의 영향이었다는 건, 차후에 알게 된 부분이었다.

여기서 또 재미있는 건, 집중력이라는 건 흐트러지는 상황 속에서도, 깨어지지만 않는다면 다시금 그 안으로 파고들 수 있다는 점이었다.

리베이트가 암전의 정보원들을 처리해준 덕분에 흐트러

졌을지언정 깨어지는 경우까진 이르지 않았고, 그로 인해서 무사히 그는 자신이 벌였던 춤사위에 대한 결론을 내릴 수 있었다.

'베었다!'

무엇을?

[생사의 경계!]

그 명확한 정의를 이 순간 깨달았다.

피를 볼 수 없다는 찰나의 생각 혹은 고집에, 상대의 육신이 아닌 그 너머의 것을 베어낸 것이다.

'경계, 그 너머…'

검술원에서 연공을 시작하는 초급자들에게 항시 빼놓지 않고 하는 이야기가 있다.

[의지가 중요하다!]

어째서인지 그 말뜻의 명확한 의미를 지금 이 순간 이해할 수 있을 것 같았다.

오러를 느낀 적이 없기에, 온전히 받아들이기 어려웠던 내용이건만, 지금 이 순간 에던은 머리가 아닌 가슴에 그 의미를 담을 수 있었다.

그와 동시에 뭔가가 변했음을 알았다.

정확히 언어로써 정의 내릴 수는 없었지만, 분명 감각적인 변화가 있었다.

그 끝에서 눈을 뜨고, 저 멀리 보이는 리베이트를 확인하는 순간, 그 변화의 정체를 깨달았다.

'어째, 만만해 보이냐…'

당연히 일시적인 착각이었다. 하지만 분명한 건, 앞서와 달리 지금은 해 볼만 할 것 같다는 점이었다.

생각지도 못했던 세상에 발을 들인 것이다.

별의 영역!

확인을 하진 못했지만, 적어도 그 언저리가 발끝에 닿아 있음을 알았다.

❖ ✣ ❖

시선을 마주하는 순간 느낌이 왔다.

'결국, 올랐군!'

리베이트는 새로운 별의 탄생을 직감했다. 그의 감각이 더 이상 눈앞의 사내를 아래로 두고 있지 않다는 게 증거였다.

'거 참…'

복잡 미묘한 기분이랄까?

그토록 노력하여 뒤늦게 별의 영역에 오른 그였다. 헌데, 눈앞의 청년은 저 어린 나이에 이미 그의 턱밑까지 쫓아온 것이다.

작게나마 질투심이 이는 건 어쩔 수가 없었다.

허나, 그보다 크게 일렁이는 건 따로 있었다.

호기심!

그리고 호승심!

짧게 입맛을 다신 그가 애써 감정을 억눌렀다. 지금 당장
해야 할 일은 따로 있는 까닭이었다.

❖ ✛ ❖

스페렌 왕실에 충격적인 발표가 잇따랐다.

먼저, 국왕 리베이트를 노린 암살소식이었다.

워낙에 많은 인원이 국왕의 연무장에서 시체로 발견된
까닭에, 이는 숨길 수 있는 사안이 아니었다.

'숨겨서도 안 되고.'

게다가 외부적으로도 왕실의 일꾼들의 피해가 컸다.

리베이트는 이어질 발표를 위해서라도 이를 드러내야 한
다는 걸 알았다.

뒤이어 발표된 내용은 왕실 전체를 놀래키기에 충분했
다.

8왕자 에트라인의 각성이었다.

수인족의 피를 깨웠다는 그 소식에 왕실 전체가 들썩였
다.

하지만 어째서인지 커다란 반발은 없었다.

물론, 전혀 없지는 않았다.

기존부터 이어져오던 현 국왕의 반대세력들은 하나같이
믿을 수 없다는 식의 이야기를 꺼내 놓았다.

그도 그럴 게 당장 외형적인 변화가 드러나질 않는 까닭이었다.

에트라인은 한 차례 변화의 끝에서 다시금 원래의 모습으로 돌아가 버렸고, 이로 인해 그들의 이야기에 힘이 실렸음은 분명했다.

하지만 중요한 건, 그들이 아닌 바로 왕비들의 반발이었다. 반대세력의 규모는 언제든 짓누를 수 있는 수준이었던 까닭이었다.

평소라면 앞장서서 목소리를 높일 그녀들이건만, 어찌된 일인지 이번만큼은 침묵을 지키고 있는 것이다.

리베이트는 그 이유를 잘 알고 있었다.

'암전 놈들 때문이겠지.'

별다른 증거는 없었지만, 그녀들이 이번 사건의 뒤에 있음을 알았다.

물론, 그녀들이야 신수 백호를 노린 것이겠지만, 결론적으로는 암전의 수작에 의해 국왕 리베이트가 피해를 입지 않았던가.

때문에 그녀들은 지금 이 순간 자중하며 숨을 죽이고 있는 것이다.

그리고 이 부분에서 리베이트는 결정적인 한 방을 터트렸다.

"후계자는 1왕자 '트라이안' 으로 한다!"

이는 그야말로 경악을 넘어 왕실 전체를 대공황에 빠트

리기에 충분한 발표였다.

그간 에트라인을 방해해 오던 왕비들과 국왕을 적대시하던 반대 세력, 그리고 에트라인을 비호하던 프레이트까지, 왕실 전체가 혼란에 빠져들기에 충분한 내용이었다.

당연하게도 그를 찾는 사람들은 많았다.

"대체… 무슨 생각이신 겁니까?"

뾰족한 음성을 한 프레이트의 방문은 물론이고,

"왜… 그러신 거죠?"

아들의 선택에도 불구하고, 어째서인지 기운이 없어 보이는 3왕비 미셸을 비롯하여, 허탈한 혹은 수척한 얼굴의 5왕비 세트란까지.

수많은 왕실의 주요 인사들이 그를 찾았고, 하나같이 동일한 물음을 던져왔다.

그리고 이에 대한 대답은 하나였다.

"…1왕비의 뜻이다."

이에 대한 반응도 한결같았다.

누구하나 할 것 없이 충격을 먹은 얼굴로 넋을 놓고 있다가, 일제히 같은 물음을 던져왔다.

"말도 안 됩니다!"

이곳에 자리하지도 않는 1왕비가 언급된다는 것 자체가 이해되질 않는다는 듯, 경악하고 발악하는 그들의 표정에 리베이트는 웃으며 말했다.

"왜? 그녀가 어째서 나와 다투고 왕실을 나갔다고 생각하지?"

대부분 이 대목에서 아무런 말을 하지 못한다. 그들도 정확한 이유를 모르는 까닭이었다.

"그녀는 1왕자를 후계자로 선택해서 왕실의 다툼보다는 평안을 원했고, 나는 그와 반대로 왕위를 이으려면 자그마한 경쟁 정도는 있어야 한다고 주장했기 때문이지."

물론, 그의 시대처럼 다툼이 전쟁으로 이어지는 건 막을 생각이었다.

당연하게도 충분히 그럴 자신이 있었다.

하지만 1왕비는 이런 그의 생각을 더더욱 이해하지 못한다며 부부간의 싸움으로 번졌고, 결국 왕실을 박차고 나가버리는 것으로 결론이 난 것이다.

"아무래도 지금의 스페렌은 너무 평화롭잖아."

사실, 그 역시도 1왕자를 후계자로 놓고 있기는 했다. 그저 일말의 위기감 정도는 필요하다고 여겼을 뿐이었다.

8왕자 에트라인의 재능을 확인한 뒤, 일말의 갈등이 생기기는 했지만, 여전히 1왕자를 향한 선택을 바꿀 생각은 없었다.

"당신은… 분명, 아이들을 위한다고 생각했는데… 제 생각이 잘 못된 겁니까?"

3왕비의 힘없는 물음에 리베이트는 짧게 답할 뿐이었다.

"아이들을 위하기 때문에 이리 행한 것이다."

세상은 험난하고 왕의 자리는 더더욱 고난한 길이다.

특히, 북 대륙을 대표하는 강국으로 불리는 만큼, 영향력을 미치는 주변국뿐만 아니라, 은연중에 북 대륙 전체에서 그들을 견제하기 위한 움직임들이 잦았다.

"나는 아이들의 아비이지만, 동시에 이곳 스페렌의 통치자이기도 하다."

그러하기에 후계자를 뽑는 과정에 신중을 기할 수밖에 없는 것이다.

힘없이 물러가는 3왕비와 달리, 5왕비는 끈덕지게 그를 찾으며 발언철회를 요구하는 태도를 보였다.

물론, 직접적으로 이를 언급하는 건 아니었지만, 그녀의 표정과 말투 그리고 행동들이 무언의 압박을 해 오는 건 분명했다.

그러나 리베이트는 단호히 고개를 저었다.

"여기까지! 기회는 공평하게 제공되었다. 하지만 아이들이 제 실력을 선보이기보다는 그대들이 앞장서서 아이들의 능력을 가리고 거둬들였다. 기회를 스스로 걷어찬 건, 바로 그대들이 아닌가. 때문에 나는 기존의 선택대로 1왕자 트라이안을 후계자로 뽑은 것이다. 명심하라! 지금 나는 이곳 스페렌의 후계자를 원한다. 언제까지 어미의 치마폭에서 헤어 나오지 못하는 아이들이 아니다."

"1왕자가 다를 건 무엇입니까?"

그녀처럼 3왕비가 감싸고 있었다는 걸 주장하려는 것이다.

"하나는 다르지."

이에 리베이트는 간결하게 답했다.

"그놈은 장남이니까."

"겨우…."

그런 이유란 말인가?

"당장에 능력도 가장 뛰어나지."

1왕자와 2왕자의 나이차이만 봐도 알 수 있었다. 오랜 세월을 뛰어넘어서 왕자들이 탄생했건 까닭일까? 1왕자와 2왕자는 무려 10살 이상의 나이차이가 있었다.

이 부분이 1왕자와 3왕비의 지지도가 높은 이유이기도 했다. 십여년의 세월을 후계자로 지목되어왔던 시기가 있던 것이다.

그리고 굳이 8왕자와 비교한다면, 그들 사이에는 무려 20년 이상의 차이가 있었다.

'막둥이는 너무 늦게 봤지. 흠흠! 아직 청춘이니까! 크흠!'

거기에 더해 1왕자가 재능이 없는 것도 아니었다.

부족함이 있다면 모를까. 오히려 차고 넘쳤다. 2왕자와 조건이 비슷하더라도 거기에서 경력과 연륜이 더해지니, 아무래도 1왕자가 앞서나갈 수밖에 없었다.

이런 리베이트의 발언에 5왕비는 자신의 아들을 떠올렸다.

'으음….'

안타깝게도 그에 비하기에는 아직 부족함을 알았다. 재능에서 뒤떨어진다고 여기진 않았다. 하지만 아직 비슷한 수준이라 하기에는 모자람을 느꼈다. 나이를 비롯하여 경험도 실력도 두어 걸음은 뒤에 있었다.

"하지만…."

반박의 외침을 가로채며 리베이트가 말했다.

"물론, 당장 5년 정도만 지나도 내 생각이 달라질 수도 있겠지. 하지만 지금 당장 후계자로 합당한 아이는 1왕자밖에 없다."

"그렇다면…."

좀 더 지켜봐도 될 텐데, 굳이 지금 발표를 하는 이유는 무엇이란 말인가?

"쓸데없는 다툼에 시간을 허비하기에는 시기가 좋질 않다."

암전이 움직일 것이다. 어둠 속에서 활동하는 이들이기에, 더더욱 그들을 대비하는데 만전을 기해야 할 때였다.

그런 이유로 후계자 발표가 지금 이 시기에 이뤄진 것이다.

"이 자리가 좋아 보이지?"

돌연, 그리 묻던 리베이트가 실소와 함께 고개를 저었다.

"솔직히 말하자면, 여기만큼 골치 아픈 자리도 없어. 욕심 부릴 필요가 없는 자리야. 나중에 오히려 트라이안 그 녀석에게, 왜 자기를 후계자로 지목했냐며 욕이나 안 먹으면 다행이지."

영토는 작은데 힘은 크다. 명성은 높은데 발언권은 작다. 시야는 좁은데 세상은 넓다.

"머리 아픈 자리야."

고개를 절레절레 저었다.

"아마…1왕비는 나의 이 고충을 알기 때문에, 막내 녀석이 아닌 트라이안을 후계자로 지목하라고 한 길지도 모르지."

형제 싸움도 막고, 그와 동시에 에트라인에게도 좀 더 여유롭고 자유로운 미래를 열어주고자 한 것이리라.

리베이트의 과거를 알고 있다는 부분도 1왕비의 선택에 한몫 단단히 했을 거라 여겼다.

"아직…기회는 있는 겁니까?"

묻고 싶은 것이나 따지고 싶은 게 많았으나, 5왕비는 그저 그 하나의 질문으로 모든 걸 담아냈다.

그녀의 물음에 리베이트는 쓰게 웃었다.

"녀석이 하기 나름이겠지."

1왕자? 2왕자? 아니면 다른 왕자들?

과연, 누구를 지칭하는 것일까?

알 수 없었다.

하지만 충분한 대답이 되었다는 듯, 5왕비는 그렇게 물러갔고, 그제야 겨우 리베이트는 자신만의 시간을 가질 수 있었다.

"이 정도면…그녀도 만족하려나?"

1왕비 테일라를 떠올려봤다. 한 동만 만나질 못했으니, 슬슬 찾아가도 문전박대는 당하지 않을 것 같았다.

이번 발표가 전해졌다면, 오랜만에 오붓한 시간도 가질 수 있을지도 몰랐다.

"허헛…."

하지만 그전에 먼저 해결해야 할 일이 있었다.

'에던 파인드!'

삼켜두었던 호승심이 슬그머니 고개를 내밀었다.

❖ ✣ ❖

진실을 들을 수 있었다.

그 이유는 모르겠지만, 리베이트는 불청객들에 대한 모든 걸 알려주었다.

'망자…탈혼이라.'

이야기를 듣는 순간, 몰이꾼 당시의 생활들이 떠올랐다.

'그러고 보니….'

능력 있는 몰이꾼들은 새롭게 사냥개로 뽑혀가거나, 아니면 이름난 가문의 기사가 되는 경우가 많았다.

당연히 기사는 첩자로써 활동하는 거짓된 신분이었다. 암전의 손아귀에서는 벗어나기 어렵겠으나, 분명 그 생활이 나아지는 건 확실했기에, 대부분 그 상황을 만족했다.

하지만 이런 이들과 달리, 아무리 시간이 흘러도 발전이 없고 변화가 없는 이들이 있었다.

에던 역시도 그런 부류였기에, 이들의 관리에 대해서도 제법 관심이 많았다.

'…하나같이 어디론가 사라졌었지.'

마지막 기회라는 걸 잡으러 간다는 식의 이야기를 듣기는 했다. 그리고 오늘, 그 마지막 기회가 무엇이었는지를 알게 되었다.

"과거에 확인했던 실험실에서는 대개 암전을 굴러다니며 술만 푸는 밑바닥 놈들이나, 발전 없는 몰이꾼들이 망자의 실험 대상으로 쓰였지."

리베이트를 통해 들은 망자의 진실이었다.

'…몰이꾼들이란 말이지.'

갑자기 지난 시절을 떠올린 이유가 여기에 있었다.

발전하지 못한 몰이꾼들의 최후는 이처럼 비참했다. 저들 암전 원로회의 실험체가 되어, 망자라는 저주받은 존재로써 마지막까지 저들을 위한 희생양으로 쓰이는 것이다.

'으득….'

어쩌면 그가 저 같은 위치에 있었을지도 모른다고 생각하니, 절로 이가 갈렸다.

'일찌감치 도망치기를 잘 했지.'

분명, 오늘 상대했던 망자들은 강했다. 하지만 밑바닥 몰이꾼들이 저 정도로 단기간에 강해지기 위해서, 얼마나 많은 희생이 필요했을까?

거기까지 생각하던 에던은 새삼 그들이 특별했음을 깨달았다.

'궤적….'

변화를 격고 난 이후, 다시금 그 굵고 선명한 궤적을 찾아 눈을 부릅떠 봤지만, 어느 곳에서도 찾아볼 수가 없었다.

전보다는 선명해 진 것 같았지만, 분명 망자들에게서 뻗어 나오던 그 죽음의 궤적에는 비할 바가 못 됐다.

그들은 분명 특별했다.

'어쩌면….'

생과 사를 대가로 얻은 힘이기에, 더더욱 그에게 선명한 궤적을 보여줬던 것이 아닐까?

그리고 이 특별함이 계기가 되어 그에게 새로운 세상을 허락한 것일지도 모른다는 생각도 들었다.

물론, 시기가 되어 눈을 뜬 것일 수도 있지만, 아무래도 그보다는 계기가 좋았다는 게 여러모로 현실적이었다.

'뭐…어떻게 해도 비현실적인 건 마찬가지겠지만.'

분명히 느끼고 있었다.

'별의 영역!'

그 특별한 공간에 그의 발자국이 남겨진 것이다.

이제 겨우 스물일곱!

젊다면 젊은 시기였다. 대개는 가정을 꾸리고 아이 한 둘은 있어도 이상하지 않을 나이였지만, 기사나 용병으로 본다면 한창 발돋움하는 성장기나 다를 게 없었다.

헌데, 이 젊은 시기에 별빛이 내린 것이다.

'비현실적이지….'

확신을 얻기 위해,

'확인을 해 봐야지.'

이를 심판해 줄 이가 필요했다.

[초월자!]

오래지 않아 그의 의문을 해결할 시간이 찾아왔다.

"국왕전하께서 찾으십니다."

리베이트의 그림자가 은밀히 거처를 방문했고, 조용히 그 뒤를 따랐다.

목적지는 국왕 전용 연무장이었다.

❀ ✚ ❀

기다리는 시간마저도 흥겨웠다.

"후우우우…."

때문에 저도 모르게 이리저리 몸을 풀며 그 흥을 달래줘야만 했다.

그런 식으로 한껏 열기를 발산하고 있으니, 저 한편으로 연무장의 문이 열리며 기다리던 손님이 방문했다.

열기를 외부로 발산하며, 적잖게 몸을 식혔다고 여겼건만, 오히려 몸이 달아올랐던 모양이었다.

파앙!

상대를 확인하기가 무섭게 이미 그의 신형은 화살처럼 쏘아져 나가고 있었다.

"우왓!"

짤막한 비명 혹은 경악성과 함께 방문객, 에던이 격하게 몸을 비틀었다.

콰아아앙!

연무장의 입구가 당장이라도 박살날 듯, 사납게 울부짖는 소리가 들렸다.

리베이트가 내지른 권격의 여파였다. 미스릴로 된 문에 일족 특유의 주술까지 덧씌워 놓은 상태이건만, 그의 권격을 버티지 못한 듯, 그 중앙에 선명한 주먹자국이 남아있었다. 사방으로 뻗은 실금들이 이 값비싼 문짝의 수명이 다했음을 전해줬다.

"무슨 짓입니까?"

발끈하여 외치는 에던에게 리베이트가 재차 주먹을 휘두르며 대답했다.

"선빵, 필승!"

파파파팡!

그리고 이어지는 연격이 에던을 정신없이 몰아쳤다.

'이런… 미친!'

리베이트의 그림자를 따라 이곳으로 향하며, 그와 한 판 붙게 될 거라고는 이미 예상하고 있었다. 하지만 설마하니 이렇다 할 인사말도 없이 대뜸 달려들 줄이야.

마치 폭풍우가 몰아치는 것 같은 그 사나운 연격 속에서, 에던은 차마 마주할 생각도 하지 못한 채, 이리저리 요란하게 몸을 피하고 굴려야만 했다.

'막아도 최소 중상이다!'

이미 앞전의 경험을 통해, 리베이트의 몸뚱이가 얼마나 단단한지 경험한 상태였다. 칼을 쇠몽둥이로 만드는 몸뚱이였다. 괴물이라는 단어가 아깝지 않았다.

그리고 이후에 따로 조사를 끝낸 결과, 대흑갑이라는 영수와 그 능력에 대해 전해들을 수 있었다. 그로 인해 리베이트에게는 정면으로 대항하는 게 무리라는 결론을 이미 내린 상황이었다.

피하는 게 최선이고 그게 어렵다면 공격을 흘리는 것으로, 그 힘의 여파를 최소화하는 방향으로 움직여야 했다.

'젠장!'

하지만 오래지 않아, 이대로는 답이 없다는 결론이 나왔다.

선공을 놓친 까닭일까?

아무래도 상대가 상대인 만큼, 역공의 기회를 잡기가 쉽지 않았다.

특히, 지금의 리베이트는 앞전의 대결과는 달랐다. 당시에는 일말의 여유를 두고, 중간중간 최소 반수 정도는 양보하며 움직였다면, 지금은 말 그대로 시작부터 전력으로 그에게 돌진해 오고 있었다. 이후로도 여유 따위는 내비치지 않을 거라 여겨졌다.

'어쩔 수 없나.'

각오를 굳히며 몸을 던졌다. 피하기만 하다가는 답이 없다는 결론을 내린 것이다.

정면충돌을 막는 방향으로 움직이려 했지만, 그마저도 어려움을 알았고, 때문에 할 수 없이 최악의 선택지에 발을 들여야만 했다.

그 순간 그려지는 궤적이 있었다. 그곳에 손을 올리고, 주먹을 틀어쥐며, 약간의 비틀림만 새겨 넣어 준다면? 상상도 못 할 뒷맛이 남을 터였다.

'막고 때린다!'

혹은, 맞고 때린다.

방패까지 통째로 박살내는 게 리베이트의 철권이었다. 오히려 검을 들고 병장기로 덤벼주는 게 고마운 것이다. 지금처럼 맨몸으로 달려드는 게 더 무서운 상대가 바로 리베이트였다.

콰앙!

막았다. 아니, 맞았다. 최대한 유도하여 손바닥으로 받았지만, 그 순간 왼손이 날아갈 것 같은 통증이 밀려들었다.

그 힘을 이용하며 몸을 틀며 오른팔을 뻗었다. 그려지는 궤적으로 손이 갔다. 순간, 리베이트가 깜짝 놀라며 신형을 물렸다.

내지르던 철권에 힘이 빠졌다. 에던의 왼팔이 살아남는 순간이었다.

동시에 에던의 일격이 리베이트의 어깨에 닿았다.

파아아앙!

그리고 울려 퍼지는 파공성이 실로 섬뜩했다.

"허헛…."

스스로 몸을 튕겨 물러난 리베이트가 자신의 왼 어깨를 주무르며 헛웃음을 흘렸다.

"…아프군!"

실로 오랜만의 통증이었다. 대흑갑의 방어력이 뚫렸다는 의미이기도 했다.

어지간한 명검으로도 생채기 하나 내기가 어려운 몸뚱이건만, 이토록 선명한 통증이라니.

리베이트의 두 눈에 불이 들어왔다

"재밌군. 허헛… 재미있어!"

당연하게도 에던은 반박하고 싶었다.

'…저는 재미가 없습니다만.'

아슬아슬했다. 자칫 왼팔이 박살났을지도 몰랐다. 물론, 그 대가로 리베이트의 목숨을 노리기는 했다.

이미 그의 권격이 궤적을 탔고, 목적지를 향해 나아가는 중이었다. 이전이라면 그것으로 죽음을 확신하진 못했을 것이다.

하지만 새롭게 변화하고 각성한 그는 각오를 굳히는 것

만으로도 자신할 수 있었다. 아니, 자신해야만 했다. 그러기 위해 각오를 굳히고 지금의 이 모든 변화를 받아들인 게 아니던가.

그 궤적이 온전히 완성 되었다면?

'스페렌의 역적이 됐겠지.'

마땅한 선택지가 없기에 택한 결정이었다.

하지만 그 최악의 상황까지는 연출되지 않았다. 마지막 순간 궤적이 흔들리더니, 리베이트의 신형이 멀어지며 권격이 목적지를 이탈한 것이다.

그 여운이 남아 일격을 먹이기는 했지만, 분명 권격을 피해냈다는 건 중요했다.

'역시, 초월자란 말이지!'

상대는 별의 영역에 이른 절대자였다. 그가 얻은 죽음으로 향하는 그림자도 저 빛 무리 아래에 바래질 수 있다는 걸 여실히 깨달은 순간이었다.

'하지만…'

분명, 해 볼만 하다는 건 확실했다.

'…별의 영역!'

더 이상 다른 세상의 이야기가 아니라는 확신을 얻을 수 있었다.

'얻을 건 얻었으니까.'

슬슬 그만 했으면 싶었으나, 안타깝게도 조금 전 일격이 제대로 불을 지른 모양이었다.

"크하하핫!"

시원한 웃음성과 함께 리베이트의 두 눈가에 흉광이 번뜩이는 게 보였다.

당연하게도 그 혼자만의 바람인 모양이었다.

"후우…."

나직한 한숨을 내쉬며 자세를 잡자, 기다렸다는 듯 리베이트의 신형이 쏘아졌다.

이날,

스페렌의 국왕 전용 연무장은 폐허가 됐고,

어마어마한 수리비가 왕실 재정에 구멍을 냈으며.

"아… 좀 참을걸!"

리베이트 국왕이 사흘 밤낮을 신음했다.

❖ ✛ ❖

숨만 쉬며 이틀, 눈뜨고 앓으며 또 이틀, 그리고 회복에 삼일.

그렇게 총 일주일!

에던이 다시금 거동을 하는데 걸린 시간이었다.

"끄응… 정말로 뒈질 뻔했네."

신관의 치료가 아니었더라면 정말 숨이 끊어졌을지도 몰랐다. 그 부분에서 한 차례 더 열이 올랐다.

'빌어먹을!'

나중에 알고 보니 신관의 치료는 첫날 딱 하루만 이뤄졌다는 것이다.

　일주일이나 앓아누워야 했던 것도 다 이유가 있었다. 그나마 위안이라면, 국왕 리베이트도 한동안 제대로 거동을 못했다는 점이었다.

　들리는 이야기로는 왕실 회의도 이틀 정도는 빼먹으면서, 적잖은 의문을 일으켰다고 한다.

　물론, 결과적으로는 에던이 더 중상이었지만, 중요한 건 서로 치고받으며 치명적인 공격들을 나눴다는 것이다.

　패배라는 단어가 떠오르는 와중에도 실실 웃음이 나는 건 아무래도 그보다 선명히 새겨지는 단어 때문이리라.

　[별의 영역!]

　웃음이 안 나올 수가 없었다.

　'내가 별이라니… 크크크큭!'

　병문안을 왔던 프레이트는 혼자 실소하며 킥킥대는 에던의 모습에, 조용히 치료사를 찾아야만 했다.

　"몸이 아니라 정신에도 문제가 있는 건가?"

　조심스레 에던을 살핀 치료사의 대답이 가관이었다.

　"으음… 아무래도 검사가 시급한 것 같습니다."

　그 덕분에 에던은 거동을 할 수 있음에도 불구하고, 사흘의 시간을 더 누워만 있어야 했다.

그리고,

두 개의 계절이 지나갔다.

❖ ✛ ❖

8왕자 에트라인의 각성이 밝혀지고, 교감의식이 성공적이었다는 정식 발표가 났다.

그리고 1왕자 트라이안이 후계자로 지목되면서, 에트라인을 향한 위협도 크게 줄어들었다.

뿐만 아니라 에트라인에게 가르쳐야 할 기본적인 공부도 대부분 끝마쳤다.

'아오… 너는 밑천이 달려서 안 되겠다.'

당연하게도 프레이트의 의뢰도 마무리 지을 때가 온 것이다. 에던은 주저 없이 이 같은 사실을 알렸다.

"떠난다고?"

리베이트의 물음에 에던이 조심스레 답했다.

"예."

굳이 의뢰 당사자가 아닌 국왕 리베이트를 찾은 이유는 간단했다.

'느낌이… 안 좋으니까.'

그녀가 의뢰로 인한 관계보다는 감정적인 의미로써 그를 찾고 있음을 알고 있었다.

때문에 그녀가 아닌 리베이트를 찾은 것이다. 그 역시

의뢰를 비롯한 모든 진실을 아는 까닭에, 그녀를 대신하기에도 충분하다 여긴 것이다.

잠시 에던을 바라만 보던 리베이트가 짧게 물었다.

"어디로 갈 생각인가?"

대답을 해야 할까? 한 차례 고민하던 에던이 리베이트와도 관계가 있는 까닭에, 선뜻 답을 내어줬다.

"우선, 루딘을 찾아가 봐야겠지요."

"그렇군."

고개를 끄덕이던 리베이트가 재차 물었다.

"어디로 가야 하는지는 알고?"

루딘 용병단은 마땅한 터전을 마련하고 움직이지는 않았다. 암전과의 불편한 관계 때문이었다. 때문에 그들을 찾기란 쉬운 일이 아니었다.

"뭐…."

이번에는 굳이 답하진 않았다. 레드문의 정보력을 떠올린 까닭이었다. 그곳과의 관계에 대해 알릴 필요까지는 없다고 여긴 까닭이었다.

그 순간, 리베이트가 뜬금없는 이야기를 꺼내들었다.

"내가 직접 안내자를 붙여주겠네."

어째서일까?

'느낌이….'

불길했다.

'거절하는 게 좋을 것 같은데.'

이에 대한 의사를 입 밖으로 꺼내기도 전에, 새로운 인물이 그들의 공간으로 발을 들였다.

"프렌 폰 스티그! 내 사네를 위해 친히 준비한 안내자일세."

"쿨럭!"

에던의 표정이 와락 구겨졌다.

'프렌?'

저도 모르게 귀를 후볐다. 잘 못 들은 건가 싶었던 까닭이었다.

프렌이라고 소개된 안내자의 얼굴이 너무도 눈에 익은 까닭이었다.

"공주…저하…."

나직한 그의 중얼거림에, 리베이트가 짧게 헛기침과 함께 한마디를 던졌다.

"어험! 프렌이라니까."

마른침을 꼴깍 삼킨 에던이 떨떠름한 얼굴로 리베이트를 바라봤다. 거절하면 안 되냐는 물음이 목구멍을 들락거렸다.

하지만 그보다 리베이트가 한 발 빨랐다.

"어명일세."

그의 곁으로 조용히 다가온 안내자가 활짝 웃었다.

'거절하면 뒤진다!'

새하얀 웃음이 왠지 그리 말하는 것 같았다.

등골이 오싹해지는 순간이었다.

외전.

외전.

　　오랜 시간 밑바닥을 살아가다 보면, 아무래도 꿈과 희망
이 차츰차츰 잠식되며 어둔 그늘 속으로 침식되어 버리는
경우가 많았다.

　　대개는 이 즈음 다른 곳으로 시선을 돌리고 걸음을 옮기
며, 다른 길, 새로운 세상을 바라보게 된다.

　　하지만 여전히 희망을 버리지 못한 채, 끝까지 버티는 이
들이 있다.

　　그런 이들 대부분은 침식된 희망을 따라 그 어둔 그늘 속
으로 몸을 던지는 경우가 대부분이었다.

　　3급 용병 '악셀 브란' 역시도 그런 경우였다.

　　"암전에서 기회를 잡겠다!"

발을 헛디뎠다고 변명하기에는 너무 확고한 각오로 이면 세상에 발을 들인 것이다.

열 셋!

어린 나이에 이 업계에 뛰어들었고, 적잖은 시간 험난한 생활을 버티며 살아남았다.

하지만 그 와중에 변한 거라고는 오로지 '이름' 뿐이었다.

등급이나 용병패는 항시 그대로였고, 언제나 거짓된 이름으로 엉터리 같은 생활을 전전긍긍 할 뿐이었다.

때문에 마지막으로 희망을 꿈꾸기 위해, 최악의 장소로 발을 들인 것이다.

하지만 그 안에서도 바라던 변화는 없었고, 종래에는 그로 하여금 최악에서도 더 깊은 진창이 있음을 깨닫게 만들어 줬다.

나락까지 떨어진 것이다.

"몰이꾼이라…."

그곳이 마지막 희망이었다.

거기서도 답이 없다면?

"내 인생도 지랄인 거지!"

그렇게 지랄을 맞았다.

빌어먹을 생활이 가져다 준 깨달음이라고 해야 할까?

성장을 위해 이 지저분한 진창 속에서 산다는 게 과연 옳은 일인 것일까?

여러 차례 합당치 못한 죽음을 마주하고, 그릇된 상황을 대면하며 눈감고 귀 막고 고개를 돌려대는 행위에 익숙해질 즈음, 스스로에 대한 구역실과 함께 떠날 결심이 섰다.

'마지막 기회라…'

발전 없는 이들에게 한 차례 더 희망의 속삭임이 날아들었다. 하지만 더 이상 그에게는 달콤하게 들리질 않았다.

'여기보다 더 최악이 있다고?'

고개를 저었다. 발길을 돌렸다.

그리고,

계획을 꾸몄다.

암전에서 벗어나기 위한, 도전 혹은 도박이었다.

비록, 그 용병패는 변함이 없었을지 모르나, 이름만큼은 여러 차례 바꿔왔고, 덕분에 거짓된 삶을 사는 건 제법 자신이 있었다.

이 최악의 장소에서 나름 위장과 은신에 대해서도 실력을 쌓지 않았던가.

그렇게 세상을 향해 도망쳤다.

족히 반년 가까운 시간을 도주에만 할애했고, 이후로도 반년을 더 숨어살았다.

산 속에 숨기도 하고, 흙더미에 들어가 일주일간 잠만 잤던 적도 있으며, 때로는 물고기의 삶도 체험해봤다.

광인을 연기하며 개밥그릇을 뺏어먹던 경험이 제일 참신했던 것 같았다. 당시에는 실제로 배가 고팠기에, 잊을 수 없는 별미였다.

'암전!'

덕분에 여러모로 치가 떨리는 기억으로 남을 수밖에 없었다.

기회가 된다면,

능력이 된다면,

'한 방 정도는….'

갚아주고 싶었다.

〈5권에 계속〉